www.tredition.de

Gaby Bergbauer

Anschlag im Schauspielhaus

Band 2

www.tredition.de

© 2016 **Gaby Bergbauer**

Umschlag, Illustration:
©Gaby & Karl Bergbauer

Verlag: tredition GmbH, Hamburg

ISBN
Paperback   ISBN 978-3-7323-5925-7
Hardcover   ISBN 978-3-7323-5926-4
e-Book   ISBN 978-3-7323-5927-1

Printed in Germany

Das Werk, einschließlich seiner Teile, ist urheberrechtlich geschützt. Jede Verwertung ist ohne Zustimmung des Verlages und des Autors unzulässig. Dies gilt insbesondere für die elektronische oder sonstige Vervielfältigung, Übersetzung, Verbreitung und öffentliche Zugänglichmachung.

1

Ein ohrenbetäubender Knall ging durch das Schauspielhaus mitten in der Premiere. Requisiten flogen durch die Luft. Schreie waren zu hören, überall sah man Blut. Die Luft war durchtränkt von Brandgeruch und überall war Rauch.
Einige Schauspieler rannten eilig von der Bühne. Viele Zuschauer eilten zum Ausgang. Einige versuchten anderen zu helfen, wo sie nur konnten. Die Detonation kam aus der Richtung des rechten Bühnentors. Die Schreie des Entsetzens waren laut zu hören. Besonders tragisch war es für 3 Schauspieler, die sich nahe am rechten Bühneneingang befanden. Sie waren auf der Stelle tot. Das Bühnenbild wurde durch die Detonation so schwer beschädigt, dass sich ein Teil von den Seilen löste und auf die ersten Reihen der Zuschauer geschleudert wurden. Auch das seitliche Bühnentor wurde beschädigt.

Dan und Mara standen in der Ecke am linken Bühneneingang. Sie wollten die Wirkung ihres

Bühnenbildes auf die Zuschauer beobachten. Von der Druckwelle wurden sie nach hinten an die Wand geschleudert und wurden vom Bühnenbild, das auf sie stürzte, verdeckt. Was sich als glücklichen Zufall erwies, denn diese Teile bewahrten sie vor größeren Schäden.
Dan war benommen, als er wieder klar denken konnte, robbte er sich zu Mara. Was war das? Es war kein Schauspiel, wo Pyrotechnik eingesetzt wurde.

Mara war immer noch nicht ganz von den Depressionen genesen, in die sie wegen ihrer Entführung immer wieder fiel. Mit einer Therapie versuchte sie es, in den Griff zu bekommen. Auch Bella ihre Hündin tat alles, damit sie das schlimme Erlebnis vergessen konnte. Sie machte mit Bella lange Spaziergänge, es tat beiden gut. Die kleine Hündin war ihr ein und alles. Wenn sie arbeiten ging, dann passte ihre Nachbarin auf Bella auf. Mara wollte nicht, dass sie so viele Stunden alleine war.
Und nun das. Sie hatte wieder furchtbare Angst. Sie zitterte am ganzen Körper.

Von Weitem hörte man schon die Sirenen der Feuerwehr und Polizei.
Dan fragte Mara, ob sie verletzt sei und ob sie aufstehen konnte. Sie zogen sich gegenseitig hoch, und sahen, dass auf der Bühne genug Helfer waren, also versuchten sie, in den Zuschauerraum zu gelangen.
Als Mara einige Kulissenteile im Zuschauerraum sah, schrie sie: »Meine Schwester«, und sah Dan ängstlich an.«
Ilona war zum ersten Mal im Schauspielhaus. Mara zeigte ihr vor der Vorstellung die Werkstätten. Ilona war beeindruckt. Nein, so hätte sie sich die Arbeit ihrer Schwester nicht vorgestellt. Sie war erstaunt, wie man auf der Bühne Bäume aufstellt. Mara ermutigte Ilona, den dicken Baumstamm anzuheben. Ungläubig näherte sich Ilona dem Baumstamm. Sie konnte ihn ohne Mühe hochheben und sie musste Lachen. »Hey Mara, ich kann Bäume ausreißen.« Die Baumstämme hatten fast 1 m Durchmesser und Ilona konnte sie mit Leichtigkeit hochheben. »Aus was für einem Material bestehen sie, die Rinde fühlt sich wie Gummi an. Es sieht täuschend echt aus?«

Mara erklärte: »Die Bäume werden aus Styropor gefertigt und die Rinde ist aus einer dünnen Gummimasse, die gleichzeitig die Maserung der Rinde von Bäumen hat. Die Kleinen hier bleiben so, wenn größere Bäume benötigt werden, dann kommt noch ein Stahlträger rein.« Das alles fand Ilona sehr interessant.

»Du Mara glaubst du, dass es möglich wäre, mit meiner Schulklasse einmal hier herzukommen? Das würden die Kinder bestimmt ganz toll finden.«

»Aber sicher doch, hier werden oft Führungen gemacht. Ich sage dir Bescheid, wenn keine Aufführung ist, dann könnt ihr euch auch die Bühne ansehen.«

»Au ja, das wäre toll.« Ilona ging auf ihrem Platz in der ersten Reihe neben ihrem Freund Michael zurück. Er hatte kein Interesse hinter die Kulissen zu schauen. Nur ihr zuliebe ist er notgedrungen mitgegangen. Ein Fußballspiel wäre ihm lieber gewesen. Er wollte sich aber nicht schon wieder Krach mit Ilona einhandeln.

Die Feuerwehr und Notärzte waren schon im Schauspielhaus und versorgten die Verletzten. Mara rannte wie von Sinnen zu ihrer Schwester Dan folgte ihr. Mara konnte sie zuerst nicht finden. So viele Menschen wurden verletzt. Dann sah sie Ilona auf einer Trage liegen. Blutverschmiert und sie hatte eine Halskrause an. An der linken Hand war sie dick verbunden. Mara eilte zu ihr. Ilona konnte sie nicht hören, da sie nicht bei Bewusstsein war. Mara rief immer wieder unter Tränen ihren Namen, aber sie bekam keine Antwort. Der Notarzt, der Ilona versorgte, schob Mara ganz sachte beiseite. Mara erwiderte aufgeregt, »Das ist meine Schwester.« Der Notarzt sah sie kurz an und meinte: »Ihre Schwester ist sehr schwer verletzt, wir müssen sie auf den schnellsten Weg ins Krankenhaus bringen.« Sie kommt in die Uniklinik. Und schon eilten sie mit ihr zum Ausgang. Mara sackte in sich zusammen und Dan fing sie auf. Er machte ein sehr ernstes Gesicht.

Das Theater war voll von Sanitätern, Feuerwehr und nun auch der Polizei. Später wurden auch die drei Toten Schauspieler abgeholt und in die Gerichtsmedizin gebracht.

Außen wurde das Theater weiträumig abgesperrt, weil auch eine sehr große Fensterscheibe im Foyer auf den Gehweg fiel. Auch hier wurde ein Sprengsatz gezündet. Gott sei Dank wurde dort niemand ernstlich verletzt. Einige Passanten mussten wegen Schock ärztlich versorgt werden. Durch die Premiere waren auch mehr Presseleute anwesend, die jetzt schon auf ihre Topstory fieberten.

Man konnte noch nicht ausmachen, ob sich der oder die Täter unter den Verletzten befanden, oder ob es Fernzündungen waren. Noch immer versuchten die Notärzte, die Verletzten zu versorgen. Alle Schwerverletzten wurden in die umliegenden Krankenhäuser gebracht. Die Feuerwehr stütze die Kulisse und Dan half ihnen dabei, weil er sie konstruiert hatte und die Schwerpunkte genau kannte. Mara setzte er zuvor auf einen der hinteren Stühle und beruhigte sie. Ein Notarzt musste ihr eine Beruhigungsspritze geben. Dan würde sofort zu ihr kommen, sobald er fertig war.

Als das Theater vollständig geräumt wurde, fing die Arbeit der Spurensuche an. Kommissar Beck mit seinem Team war noch in der Nacht vor Ort. Er grübelte, was war das Motiv der Tat?

Und natürlich war die Presse schon wieder da, knurrte Kommissar Beck.

Sie wartet wie immer auf eine Erklärung. »Die sollen uns doch erst einmal unsere Arbeit machen lassen.« Er schickte seinen Pressesprecher vor, damit er die Presse beruhigen kann. Auf Peter war immer Verlass, er sagt sehr viel und am Ende doch nichts, musste er schmunzeln. Sehr zum Ärger der Presseleute. Aber was soll man denen sagen, wenn wir selbst noch nichts Genaues wissen?« Kommissar Beck konnte sich die morgige Schlagzeile schon vorstellen. Einige Pressefotografen waren auch im Theater. Da sie weiter hinten saßen, wurden sie nicht verletzt. Bilder wurden geschossen.

Die Polizei drängte alle Schaulustigen soweit ab, damit die Feuerwehr und Notärzte ihre Arbeit machen konnten. Auch die Pressefotografen wurden auf Abstand gehalten, um die Privatsphäre der Verletzten zu schonen.

Ein schöner Anblick war es ganz sicher nicht. Jeder konnte sich vorstellen, dass ein paar ganz pfiffige Pressefotografen ganz scharf drauf waren, um ihre Bilder von den Verletzten meistbietend in den Agenturen anzubieten. Dem wollte man einen Riegel vorschieben.

In Zusammenarbeit mit der Polizei hat die Theaterleitung Sprengstoffspürhunde geordert, weil vermutet wird, dass an mehreren Stellen ein Sprengsatz zu finden ist. Die Katastrophe wäre dann noch viel größer.

Das Schauspielhaus hat auf der Vorderseite eine Fußgängerzone, die jeden Abend sehr belebt ist. Die Straßenbahn ist zu weit vom Schauspielhaus entfernt, als das sie getroffen werden könnte. Auch herunterfallende Glasscheiben der Fensterfront würden sie nicht treffen. Jedoch die ganzen Passanten waren sehr gefährdet. Nah am Schauspielhaus ist auch ein U-Bahn-Aufgang. Es könnte noch viel mehr Verletzte geben. Die große Fensterscheibe am Schauspielhaus hatte nichts mit der Detonation an der Bühne zu tun.

Noch in der Nacht kamen sie mit zwei Sprengstoffspürhunden und Spezialisten, die im Notfall einen Sprengsatz entschärfen können. Auf Anfrage erklärte ein Halter dieser speziell ausgebildeten Hunde, warum man sie so gerne hinzuzieht:

»Hunde werden immer öfters für diese Zwecke eingesetzt, da sie rund 240 Millionen Geruchszellen gegenüber dem Menschen von rund 8 Millionen haben. Hunde haben auch 1200 unterschiedliche Rezeptoren, gegenüber dem Menschen mit 360. Sie sind aufgrund ihrer genetischen Abstammung dafür bestens geeignet. Haben sie etwas gefunden, setzen sie sich hin und warten. Auf die Frage, ob man jeden Hund darauf ausbilden kann?, antwortete er: »Man kann im Prinzip jeden Hund nehmen, wir nehmen allerdings nur langnasige Hunde. Die kurznasigen sind da weniger geeignet.«

Und schon ging er mit seinem Hund los. Der Hund blieb vor dem linken Feuerlöscher stehen und setzte sich. Ein Zeichen, dass er etwas gefunden hatte. Die Spezialisten nahmen den Feuerlöscher vorsichtig ab und gingen mit ihm raus. Wäre er ebenso explodiert, hätte es den sicheren Tod von Dan und Mara bedeutet. Auch ein Rucksack mit fünf Molotowcocktails fand ein Hund nicht weit vom linken Bühnentor.

Im Foyer, wo alles für die Premierenfeier vorbereitet wurde, fand sich ein Päckchen, wo niemand wusste, wem es gehörte. Auch davor blieb ein Hund sitzen. Das war der dritte Sprengsatz, der gefunden wurde.

Man fand Überreste des Feuerlöschers vom rechten Bühnentor.

»Mein Gott, was hatten denn die Täter vor«, sinnierte Kommissar Beck. Von den möglichen Attentätern fehlte bisher jede Spur. Es waren drei Tote und 25 Verletzte, davon 8 Schwerverletzte zu beklagen. Er war gespannt, ob es ein Bekennerschreiben geben wird und von wem.

Die drei toten Schauspieler waren ausgerechnet die drei neuen Schauspieler, die für dieses Stück engagiert wurden. Das war eine sehr traurige Premiere für sie. Wie man hörte, haben sie alles gegeben und wirklich lange geprobt. Sie waren so stolz auf ihr Engagement. Ihre Tanzeinlagen beherrschten sie sehr gut. Der Regisseur war mehr als zufrieden. Die letzte Probe war ein voller Erfolg. Natürlich waren sie auch aufgeregt, aber Lampenfieber gehört dazu. Und nun lagen ihre toten Körper in einem Zinksarg.

Als Dan fertig war, fuhr er mit Mara in die Uniklinik um nach Ilona zu sehen. Sie erfuhren, dass Ilona noch im OP lag. Sie setzten sich in den Warteraum und sie hingen ihren Gedanken nach. Mara hatte sehr große Angst um ihre Schwester. Ihre Gedanken schweiften zu ihrer Kindheit. Sie hatte sich mit Ilona immer gut verstanden. Beide hielten zusammen, wie Pech und Schwefel. Manchmal stöhnte ihre Mutter und meinte schmunzelnd: »Wie das doppelte Lottchen. Alles heckt ihr zusammen aus.« Mara ließ nie etwas auf ihre Schwester Ilona kommen. Dann wurde sie wieder aus ihren Gedanken gerissen, denn ihre Eltern kamen in den Warteraum des Krankenhauses.

Mara und ihre Mutter umarmten sich und weinten.

Zum Schluss kam Michael. Er nahm alles mehr teilnahmslos hin. Die anderen dachten, er stünde noch unter Schock. Die Männer gaben sich nur stumm die Hand. Man konnte nichts tun, als abwarten. Sie mussten noch drei Stunden warten, bevor sich die Tür öffnete und der Operateur zu ihnen kam. Sofort stürzte Mara zu ihm und auch ihre Mutter stand nun auf. Der Arzt bat sie in sein Büro.

Als sich alle gesetzt hatten, begann er:
»Guten Abend, mein Name ist Dr. Albrecht. Ich habe Frau Kamp operiert. Die Inneren Verletzungen konnten wir beseitigen, dort wird auch nichts mehr zurückbleiben. Die Milz mussten wir allerdings entfernen, aber jeder Mensch kann ohne sie weiterleben.« Nun machte er eine Pause, weil er das erst einmal sacken lassen wollte. Mara fühlte, dass da noch etwas kam und sie fragte: »Aber?«

Der Arzt räusperte sich und sah sie an: »Die Verletzung an der linken Hand war so schwer, dass wir ihre Hand nicht mehr retten konnten. Wir mussten sie amputieren.« Mara presste ihre Faust in den Mund, damit sie nicht aufschreien konnte. Dann hörte sie ihre Mutter schon haltlos weinen, auch ihr liefen die Tränen über das Gesicht. Dan war sofort bei Mara und nahm sie in den Arm.

»Nein«, rief Mara, sie war bemüht, nicht die Nerven zu verlieren. Das Beruhigungsmittel wirkte noch, »Ilona ist doch erst 24 Jahre alt. Sie ist Lehrerin und liebt ihren Beruf.«

Michael fragte: »Wird Ilona wieder ganz gesund?« Jeder schaute ihn an und verstand die Frage nicht. Hatte er denn nicht zugehört, dass sie eine Hand verloren hatte.

»Ja«, erwiderte der Arzt, »Bis auf ihre Hand wird sie vermutlich wieder ganz gesund. Das wird aber erst die Zeit zeigen. Wir sind nicht der liebe Gott, wir tun, was wir können. Nun haben wir sie in ein künstliches Koma versetzt, damit sich ihr Körper erholen kann. In zwei Tagen holen wir sie langsam zurück.« Er sah Michael an und erwiderte: »Später bekommt Frau Kamp eine Prothese. Sie sind heute so ausgefeilt, dass es nicht mehr störend aussieht.«

Mara fragte den Arzt, ob sie zu ihr könne:

»In einer halben Stunde wird sie fertig sein, dann können Sie sie auf der Intensivstation besuchen. Sprechen Sie mit ihr, auch wenn sie im Koma liegt, kann sie das mitbekommen.

Haben Sie noch Fragen?«

Michael fragte: »Ob das mit der Hand wirklich sein musste?«

Dan stumpte ihn an: »Michael lass es gut sein, die Ärzte wissen, was sie tun.«

Michael drehte sich um und verließ grußlos das Zimmer, noch bevor der Arzt antworten konnte. Jeder fragte sich, was mit ihm los war. Ein mitfühlender Freund sah anders aus. Er wollte Ilona nicht einmal sehen. Das bestürzte Mara sehr. Der Arzt ging an seinem Schrank und kam mit einem Glas Wasser und einer Tablette zu Maras Mutter.

»Hier nehmen Sie das, es wird Sie etwas beruhigen.« Unter Tränen lächelte sie matt und nahm die Tablette.

»Frau Kamp hat überlebt und aus medizinischer Sicht wird sie wieder gesund. Das sollte in Ihrem Fokus sein. Frau Kamp wird ihre ganze Liebe und Zuwendung nötig haben. Wenn sie wieder aufgewacht ist, versuchen Sie ganz normal mit ihr zu reden. Mitleid wird sie mehr abschrecken.« Jeder stimmte ihm zu. Alle waren über das Ergebnis der OP geschockt.

Als Mara zu Ilona kam und sie in dem Bett liegen sah, mit all den Schläuchen und Piepsen der Monitore, kamen ihr die Tränen. Sie versuchte, sie hinunter zu schlucken. Mara wollte für ihre Schwester tapfer sein. Beide schauten auf den dick verbundenen linken Arm. Mara versuchte, mit Ilona zu reden. Streichelte ihr die Wange. Maras Mutter hielt ihr die rechte Hand. Nach 10 Minuten mussten sie gehen. Dann gingen ihr Vater und Dan zu ihr. Sie kamen nach weiteren 10 Minuten wieder raus. Mara konnte nicht mehr, sie weinte haltlos. Dan ging zu ihr und drückte sie an sich. Maras Mutter sagte unter Tränen: »Das war Ilonas erster Besuch in einem Theater. Sie wollte so gerne sehen, wie und wo du arbeitest, Mara und dann passiert so etwas Schlimmes. Es ist doch noch gar nicht lange her, da war sie deine Brautjungfer.«

2

Das stimmte, Mara ging gedanklich auf die Reise zurück zu ihrer Hochzeit. Ein Jahr nachdem sie wieder in Deutschland waren, wurde es ernst und die Hochzeit wurde vorbereitet. Sie musste über ihre Mutter lachen. Als sie zu Mara sagte: »Mein Kind, so viel Geld haben wir nicht, selbst wenn wir eine Hypothek auf unser Haus aufnehmen.« Sie wusste, dass die Hochzeit immer die Brauteltern auszurichten haben. »Nein Mama, ihr müsst für unsere Hochzeit keine Hypothek aufnehmen. Das würde ich niemals zulassen. Lieber würde ich in einem ganz kleinen Rahmen heiraten«. Auch Dan beruhigte sie, dass sie sich darüber keine Gedanken machen sollte. Seine Eltern wären so froh, wenn er endlich unter die Haube käme, dass sie das wirklich gerne übernehmen würden. Zumal doch die Hochzeit in Amerika stattfinden sollte. Allein schon wegen der gesellschaftlichen Stellung seiner Eltern müsste man so viele Gäste einladen, die nicht zur Familie gehörten. Maras Eltern sollten lediglich ihre Koffer packen, wenn es soweit ist. Dann unterhielten sie sich noch über das weitere Vorgehen. Somit war auch Maras Mutter beruhigt.

Mara und Dan machten es sich später in Maras Wohnzimmer gemütlich und sprachen über die Hochzeit.

»Mara ist dir das wirklich Recht, dass meine Eltern die Hochzeit ausstatten wollen? Bitte sei ganz ehrlich zu mir. Du weißt, ich würde dich auch in einer kleinen Kapelle in Las Vegas heiraten.«

»Dan, ganz im Ernst, deine Eltern hätten für mich das Lösegeld gezahlt. Ob nun vorgelegt, oder ganz gezahlt, ist jetzt nicht der Punkt. Sie haben mich in ihrem Haus erholen lassen. In dieser wunderbaren großen Badewanne mit Whirlpool. Das fand ich als eine ganz große Geste. Bis jetzt haben sie immer nach meinen Wünschen gefragt. Wie könnte ich mit der Hochzeit dagegen sein? Wenn deine Mutter uns weiterhin nach unseren Wünschen fragt, sehe ich kein Problem. Und außerdem will ich dich in keiner kleinen Kapelle heiraten, dort gibt es zu viele Ameisen.«

Dan küsste sie und dann musste er schallend lachen. Er hatte Tränen in den Augen. Als er sich so halbwegs beruhigt hatte, fragte er nach den Ameisen. So etwas hatte er noch nie gehört.

»Hey die Sache ist ernst«, lachte auch Mara.

»Das ist jetzt vielleicht 4 Jahre her, da war ich bei Amy, der Bruder von einer Bekannten wollte in den USA heiraten. Somit war auch ich mit eingeladen. Das war in einem kleinen Ort eine ganz kleine Kapelle. Ich weiß es noch wie heute. Die Bekannten kamen aus Brandenburg und konnten kein englisch. Ein Freund von ihnen wollte das übersetzen. Als wir in diese kleine Kapelle herein kamen, war es für mich schon ein Schock. Hinter der Tür ein ganz großer Ameisenhaufen. Es standen 2 Bänke drin.

Sie hatten einen Rosenbogen aus künstlichen verstaubten Rosen. Sie sahen aus, wie von einer Schießbude. Furchtbar sage ich dir. Und der sogenannte Laienprediger stellte dann seinen blechernen Kassettenrekorder an. Die Musik war genauso grässlich wie die übrige Ambiente. Und dann die Kleidung der Brautleute. So würde ich zu einer geschäftlichen Besprechung gehen, niemals zu meiner eigenen Hochzeit. Sie hatte einen Hosenanzug an. An dieser Hochzeit war nicht ein bisschen dabei, wo man sagen konnte, das es eine romantische Hochzeit wäre. Mir tat es für die Beiden leid, aber genauso wollten sie es. Die Trauung dauerte keine 15 Minuten. Worüber ich mich aber am meisten amüsierte, der Bekannte, hat dem Brautpaar nicht alles richtig übersetzt. Ich wollte schon was sagen, aber Amy hielt mich lächelnd zurück.

Ich meine, so kleine Kirchen gibt es hier in Deutschland gar nicht. Manches Wohnzimmer war größer. Ich schätze mal die Kapelle hatte nicht mehr als 20 m².«

»Das ist jetzt nicht wahr,« prustete Dan. »Schatz, ich verspreche dir, unsere Hochzeit wird in einem größeren Rahmen sein, als eine kleine Kapelle und Ameisen wird es bei uns auch nicht geben.« Beide mussten darüber lachen.

»Die Geschichte geht noch weiter. Nach der Trauung fand das Dinner in einem Japanischen Restaurant statt. Dir sage ich bestimmt nichts Neues, dass die Japaner am Tisch kochen und die Gäste haben ihren Spaß dabei, wenn der Koch seine akrobatischen Künste zur Schau stellt. Nicht so für die Braut. Ich weiß bis heute nicht, warum sie so angepisst war. Entschuldige den Ausdruck, aber das ist doch wahr. Sie hatte eine Laune, als wäre sie auf ihrer eigenen Beerdigung. Der Koch machte Scampis und schnitt ganz schnell die Schwänze ab, als er merkte, wie sie drauf war, wollte er es auflockern. Er schnippte die kleinen Schwänze auf ihren Teller. Du hättest sie zetern hören sollen. Sie warf sie ihm zurück. Der ganze Tisch musste so lachen. Und sie wurde immer pikierter. Das Essen war wirklich lecker und sie hatte an allem was zu meckern gehabt. Da schwor ich mir, dass ich mal nicht in einer kleinen Kapelle heiraten werde. Ich flüsterte Amy leise zu, dass ich dann eher gar nicht heiraten würde. Sie stimmte mir zu. Wie ich dann später hörte, ist die Ehe nach einem Jahr in die Brüche gegangen. Ich glaube, sie stand unter keinem guten Stern.«

»Oh mein Gott«, erwiderte Dan, »so soll eine Hochzeit für keine Frau sein. Sie tut mir im Nachhinein leid. Aber vermutlich wollte sie es so, oder sie konnte sich nicht durchsetzen. Aber zurück zu uns. Wie groß ist deine Familie, die du gerne bei der Hochzeit dabei haben möchtest?«

»Meine Eltern und Ilona auf jeden Fall, ohne sie geht gar nichts. Na ja dann müssten wir auch ihren doofen Freund miteinladen. Und wer ganz wichtig ist, meine beste Freundin Nele. Tja vielleicht können wir später für die anderen hier in Deutschland eine Party geben?«

»Aber natürlich mein Schatz, das hatte ich sowieso vor.« Dan küsste seine Braut.

»Ich würde auch gerne die Leute vom Schauspielhaus einladen. Und mein Freund aus Berlin.« So beschlossen sie es zu tun. Es wurde noch über den ungefähren Ablauf gesprochen.

Mary schickte ihnen die Einladungskarten zur Ansicht, ob es so OK wäre. Sie waren aus edlem Büttenpapier und Mary traf voll den Geschmack von Dan und Mara.

»Dan Deine Eltern wollen bestimmt, dass wir in den USA wohnen, aber ich liebe hier meinen Job, die Kollegen und vor allem meine Eltern. Wo möchtest du in Zukunft leben?

»Mara, mir gefällt es in Deutschland zurzeit besser. Ich bin beruflich wie auch privat sehr zufrieden mit meinem Leben. Meine Eltern werden das akzeptieren. Was später einmal kommt, das wird sich zeigen.«

»Oh ich liebe dich so sehr Dan. Ich hatte schon Angst, ich müsste meine Zelte hier abbrechen. Wie machen wir das wohnungstechnisch? Zu zweit wird meine Wohnung wohl zu klein auf Dauer. Ich liebe sie, weil ich es nicht weit zum Schauspielhaus habe.«

Wir können es zunächst so belassen, wie es ist, bis wir ein wunderschönes Liebesnest gefunden haben. Ist das OK für dich?«, fragte er.«

»Oh ja, lass es uns so machen. Ich muss gleich mal meine Mutter anrufen, damit ich ihr die Angst nehmen kann, dass ihre Tochter auf und davon fliegt.« Sie gab Dan einen Kuss und griff nach ihrem Handy.

Dans Vater hatte ein Flugzeug gechartert in dem alle Platz hatten. Amy und ihre Kinder wurden auch noch aus Alabama eingeflogen.

Als es zum Abflug ging, staunten alle nicht schlecht. Das war kein kleines Flugzeug. Statt der normalen Sitzreihen gab es weiße, weiche, große, bequeme Clubsessel. Es waren zwei Sessel dann ein Sofa und wieder zwei Sessel im Wechsel. Eine kleine Küche mit Kühlschrank, Weinkühler, Espressomaschine und Mikrowelle waren auch vorhanden. Eine weiße glänzende Wendeltreppe ging in die Schlafräume. Mara kam aus dem Staunen nicht heraus. Dort standen abgetrennt vier große amerikanische Betten. Sie pfiff leise durch die Zähne. So etwas hatte sie noch nie gesehen. Das war für sie Luxus pur. Sie war ganz aufgeregt, dass sie damit fliegen durfte. Dan sagte nur: »Mein Vater halt«, und schüttelte mit dem Kopf.

Mara war so dankbar das Bella nicht in ihrem Kennel eingesperrt sein musste. Mara hielt sie auf dem Arm und schaute Dan sehr glücklich an. Alle Papiere waren besorgt, damit auch Bella in die USA einreisen durfte. Sie hatte sich so einigermaßen daran gewöhnt, dass seine Eltern sehr reich waren. Gleich nach dem Start gab es Champagner und kleine Häppchen. Später noch ein Abendessen.

Als sie in Tallahassee landeten, wurden sie schon von einer Stretchlimousine abgeholt. Noch nie ist Mara mit so einer langen Limousine gefahren. Es hatten alle Platz. Ilona war ein bisschen traurig, weil ihr Freund Michael nicht mitkommen wollte. Aber sie dachte sich, bevor er allen die gute Laune verdirbt, soll er lieber wegbleiben. Sie überlegte sich schon länger, ob das wirklich der richtige Partner für sie sei.

Innen in der Limousine war alles mit weichem bordofarbenen Leder ausgestattet. Die Tische und die Seitenteile waren aus glänzendem Wurzelholz. Es sah sehr edel aus. Getränke und Gebäck waren ausreichend vorhanden. Als die Limousine an die Stelle kam, wo Mara entführt wurde, ist ihr ganz schlecht geworden. Dan sah es und zog sie an sich. Sie war ihm sehr dankbar dafür, dass er so etwas immer bei ihr bemerkte.

Zwei Wochen nach ihrer Ankunft sollte die Hochzeit stattfinden. Zuvor musste noch viel erledigt werden. Mara erzählte Dan, dass sich ihr Vater sehr für das Kennedy-Space-Center interessieren würde. »Gut«, sagte Dan, »dann werde ich es ihm zeigen. Wie ich euch Frauen kenne, muss ich eh einen Tag außer Haus sein.« Mara lächelte ihn nur an und gab ihm einen Kuss.

»Gut, dass ich einen schlauen Mann heirate.«

Also flog Dan mit ihrem Vater nach Orlando. Mara ging das Herz auf, als sie in die glücklichen Augen ihres Vaters schaute. Ihre Mutter sagte auch, »Ja geh nur, dein Wunsch wird dir schneller erfüllt, als du dir denken konntest.«

Als die Männer weg waren, wurde Mara gefolgt von ihrer Mutter, Ilona und Nele in ein großes Zimmer geführt und dort sollte sie sich ein Hochzeitskleid aussuchen. Ihre zukünftige

Schwiegermutter erklärte ihr, sie solle nicht auf die Preisschilder achten. Es sei schon alles geregelt. Mara traute ihre Augen nicht, sie sah circa 50 Brautkleider auf einer langen Kleiderstange. Auf der anderen Seite hingen die passenden Schleier. Auch Schuhe in großer Anzahl waren vorhanden. Alles in ihrer Größe. Das hätte sie nicht erwartet. Na ja, nach dem Jet, sollte sie sich über nichts mehr wundern.

Mary deutete auf die Sitzgruppe. Mara sollte nun anfangen, sich die Brautkleider auszusuchen. Sie hatte ein sehr gutes Verhältnis zu ihrer künftigen Schwiegermutter. Mary war mehr eine Freundin und ging sehr auf Maras Wünsche ein, wie die Hochzeit vonstattengehen sollte. Mary betonte immer wieder, dass sich Dan und sie sich an diesem besonderen Tag wohlfühlen sollten. Nur mit der Personenzahl musste sie sich arrangieren. Es werden knapp 150 Leute anwesend sein. Na ja, dachte Mara, Platz genug hat der Häuserkomplex. Die meisten Leute würde Mara sowieso nicht kennen.

Mara musste sich oft umziehen. Sie hatte eine Hilfe von dem Designerladen, der die ganzen Kleider bereitstellte.

Ein Kleid war schöner als das andere. Sie entschied sich letztendlich für die A-Linie mit Spitze und einer kurzen Schleppe. Als Mara alles komplett mit Schleier und Schuhen anhatte, erwiderte ihre Schwester Ilona: »Ja Mara, dieses Kleid ist einfach traumhaft. Du schaust wie eine Prinzessin aus. Ich an deiner Stelle würde das Kleid nehmen. Es war ein Strass besetztes weißes Kleid aus Mikado-Seide und der Spitzenbesatz ging bis in die Schleppe hinein. Da Mara sehr schlank war, sah sie darin sehr bezaubernd aus, befanden alle einstimmig. Auch Nele war total geflasht, von diesem schönen Kleid.

»So macht doch heiraten Spaß«, sagte sie. Maras Mutter fand das Prinzessinnenkleid wunderschön. Sie hatte Tränen in den Augen.

»Mara dein Dan wird hin und her gerissen sein, von deiner Schönheit.« Alle stimmten ihr zu.

Mary wäre nicht Mary, wenn sie nicht auch Cocktailkleider für die anwesenden Damen geordert hätte. Dazu mussten sie in ein anderes Zimmer gehen. Jede sollte sich eins aussuchen. Mara war begeistert, dass auch ihre Schwester ihre Brautjungfer war. Ihre beiden Brautjungfern Ilona und Nele wählten das gleiche Kleid, damit sie auch als diese erkannt wurden.

»Nur schade, dass dein Michael nicht mitkommen konnte«, meinte Mara.

»Ja ich weiß auch nicht, ob der Termin wirklich so wichtig für ihn war. Ich bin auch sehr enttäuscht.« Eine Träne lief ihr über das Gesicht. Mara lief zu ihr und umarmte ihre Schwester. Sie flüsterte zu ihr: »Ich bin so glücklich, dass du an meiner Seite bist.« Beide lächelten.

Gegen Abend kamen Dan und Maras Vater aus Orlando zurück. Maras Vater ging zu ihr und meinte: »Mara, ich bin sehr glücklich, was ich doch für einen super Schwiegersohn bekomme.« Mara lächelte.

Zum Abendessen erzählte er zur Belustigung aller, was er erlebte:

»Ich habe mich schon immer für das Kennedy-Space Center interessiert, aber das so richtig Live zu sehen, meine Güte, das hat was.« Er sah Dan dabei an und der lächelte. Jeder gönnte ihm diese Freude. Weiter erzählte er: »Sie hatten dort auch den Space Shuttle Enterprise ausgestellt. Es war abgesperrt so konnte man ihn nur von außen sehen. Im Fernsehen sieht er recht klein aus, aber wenn man davor steht, ist der Shuttle riesig. Was mich auch sehr beeindruckt hatte, war das Controllzentrum. Man sah die Leute an ihren Computern und auf einen sehr großen Bildschirm an der Wand, konnten sie die Rakete verfolgen.

Ein Mann erzählte vorne, dass das alles Roboter sind. Leute da war ich von den Socken. Sie sahen wirklich so echt aus. Daraufhin schaute ich noch einmal ganz genau hin, aber man nahm wirklich an, dort sitzen Menschen. Es gab gar keine ruckartigen Bewegungen von ihnen. Ich war schwer beeindruckt. Ich muss sagen, davon verstehen die Amis was.« Das freute besonders Dans Vater.

«Könnt Ihr euch vorstellen, dass das Herausfahren einer Rakete zur Abschussrampe fast einen ganzen Tag dauert?« Alle waren sehr still und hörten ihn gerne zu. Mit seinen lustigen Anekdoten zog er alle in seinen Bann.

Dan erklärte: »Ich habe ein befreundetes Ehepaar in der nähe von Tampa, sie konnten den Start einer Rakete vom Garten aus sehen. Ich saß mit ihnen in bequemen Gartenstühlen und wir schauten uns das mit der Rakete gut an.«

Weiter erzählte Martin: »Es gab auch Räume, wo man wie in einem Shuttle alles Nachempfinden konnte, dass habe ich lieber gelassen«, und er fasste sich ans Herz: »Mir geht es momentan sehr gut und dabei will ich es belassen. Es gab auch so sehr viel zu sehen.

Aber das letzte Highlight hat mich wirklich gefreut, als Dan mich mit einem Boot aufs Meer mitnahm und ich zum ersten Mal in meinem Leben echte Delfine in freier Wildbahn sah. Das war so schön. Es war auch eine Mama mit Kind dabei. Sie kamen ganz nah an das Boot heran. Sie schwammen immer mit der Heckwelle auf uns zu, so kam es mir auf jeden Fall vor. Und der eine machte die Geräusche wie bei dem Film Flipper. Mensch Dan, ich danke dir, dass du dir die Zeit für mich genommen hast. Das war nach meiner Hochzeit und die Geburt der Kinder, mein schönster Tag.« Dan musste schmunzeln, »Aber gerne doch Martin, es hat mir auch viel Spaß mit dir gemacht.«

Zu seiner Frau meinte Martin: »Maria, das müssen wir unbedingt noch einmal machen, das musst du gesehen haben.«
»Dan erwiderte: »Martin, dass können wir gerne noch einmal tun. Ich habe das Boot von meinem Freund Daniel. Ich werde ihn fragen, ob wir auch das größere Boot mit ihm als Steuermann nehmen können. Ich mache einen Termin mit ihm aus.«
Zu Mara gewandt fragte er: »Und was habt ihr Schönen so gemacht?« Lautes Gelächter kam. »Das wird nicht verraten, meinte Mary: »Es war auf jeden Fall sehr erfolgreich und wir hatten eine schöne Zeit«, und sie zwinkerte ihm zu. Es wurde noch ein fröhlicher Abend.

Abends im Bett bedankte sich Mara bei Dan, dass er ihren Vater so glücklich gemacht hat. »Ich habe noch nie in so strahlende Augen meines Vaters geschaut, wie heute.«

»Oh ja, wir beide hatten viel Spaß und wir verstehen uns sehr gut. Wir beide haben irrsinniges Glück mit unseren Eltern. Keine Rangeleien, wer mehr Geld hat, wer das größere Auto hat usw. Mir widert das so an.« Da stimmte Mara ihm zu. Sie kannte so viele Leute, wo es viel Streit in den Familien gab. »Meine Eltern können zwar nicht mit deinen Eltern mithalten, aber das ist ihnen auch nicht wichtig. Wir kennen einige Leute, die sehr viel Geld haben und trotzdem gibt es da Freundschaften. Das sind dann aber auch die Leute, die ihren Reichtum nicht so raus kehren. Deine Eltern sind genauso. Sie haben den Reichtum, aber sie müssen das nicht ständig erwähnen. Die Leute sind schlimm, die von Arm auf Reich gekommen sind. Zum Beispiel die Lottogewinner. Ich nenne sie die Neureichen. Sie müssen ständig erwähnen, was sie doch nicht alles haben. Dan, du fährst auch ein ganz normales Auto, und nicht so eine Protzkarre wie den Mercedes. Beide mussten lachen.

»Mara ich sehe es genauso, was bringt es, den Leuten so anzugeben?«

Das Große Wohnzimmer wurde für die Hochzeit umgeräumt. Die eine Wand wurde zur Seite geschoben, so wurde der Raum noch einmal vergrößert, damit wirklich alle Platz finden. Der Pfarrer wurde bestellt. Der Organist kam zur Probe. Am nächsten Tag sollte es also soweit sein. Mara war schon etwas aufgeregt.

Am 25. Mai war der Tag ihrer Hochzeit. Schon am frühen Morgen wurde vorne am improvisierten Altar, den sie von der Kirche ausleihen konnten, ein großer Rosenbogen mit echten Rosen aufgestellt. Es duftete himmlisch. Nicht so wie in den kleinen Kapellen, wo es nur Kunstblumen gab, dachte Mara. Sie erzählte es Ilona, Nele und ihrer Mutter:

Mit Amy war sie einmal in Las Vegas und sie haben sich auch die kleineren Kapellen angeschaut. Besonders die, wo man im Elvis Presley Stil heiraten konnte. Das war schon eine verrückte Stadt. Im Excalibur konnte man ganz ritterlich heiraten. Mara hatte noch nie zuvor ein größeres Hotel von innen gesehen. Es hat 3991 Zimmer. Sie wohnte für zwei Nächte dort. Wer wollte, konnte dort wie zur Ritterzeit heiraten. Es wurde einem alles geboten. In der Canterbury-Hochzeits-Kapelle mit echten erlesenen Kostümen. Es gab mehrere Hochzeits-Pakte, für jeden Geldbeutel war etwas dabei. In der Superlative Las Vegas gab es alles, von ganz klein, bis zur Palastgröße.

Oder auch das Caesars Palais mit seinen 3348 Zimmern. Alles ist riesengroß in den Staaten.

Aber Mara konnte für sich, so eine Hochzeit niemals vorstellen. Sie mochte schon das eher Bodenständige. Es ist schön, so etwas einmal gesehen zu haben. Das war es aber auch schon. Für jemand der so etwas gerne möchte, ist Las Vegas ein Traumparadies. Für Mara eine Scheinwelt. Sie sah durchaus auch Vorteile. Man brauchte kein Aufgebot zu bestellen. Man geht hin, hat seine Geburtsurkunde und ein gültiges Visa dabei und schon ist man in 15 Minuten verheiratet. In Deutschland ist schon mehr Bürokratie dahinter.

Das Anwesen von Dans Eltern war ihr schon fast zu groß, dachte Mara. Sie mussten im Anschluss nur ihre Heiratsurkunde in Deutschland umschreiben lassen.

Im Ankleidezimmer von Mary war Mara mit Ilona und Nele. Sie halfen Mara beim Anziehen des Hochzeitskleides. Zuvor waren die Friseurin und die Kosmetikerin dabei, Maras Augen noch mehr strahlen zu lassen. Sie war sehr nervös. Mary gab ihr ein Glas Champagner. »Hier das wird dich ein bisschen beruhigen.« Mara war so aufgeregt, die Kosmetikerin musste ihre Wangen immer wieder etwas nachpudern.

Unten im Wohnzimmer wartete Dan nervös auf Mara. Er hatte einen schicken Smoking an. Dan war gespannt, wie wohl seine Mara aussehen wird. Er konnte auch Ilona und Nele nicht sehen. Fast alle Gäste waren schon auf ihren Plätzen. Jeder sah Dan seine Nervosität an.

Endlich fing die Musik an zu spielen, und eine Sängerin begann, das Liebeslied von Dan und Mara zu singen. Dann sah er seine Mara wie sie am Arm seines Schwiegervaters den Raum betrat. Er war von der Schönheit seiner geliebten Mara wirklich hingerissen. Das Kleid an ihr war wunderschön. Er war im Begriff die schönste Frau der Welt zu heiraten. Und eine Träne stahl sich aus seinen Augen. Martin übergab seine Tochter an Dan. Auch er hatte Tränen in den Augen. Leise sagte er zu Dan: »Mach meine Kleine glücklich.«

»Das werde ich Martin, keine Sorge, das werde ich« und er schaute Mara dabei verliebt an.

Trotz der vielen Personen im Raum herrschte absolute Stille denn jeder lauschte der rührenden Predigt des Pfarrers. Von seinem körperlichen Erscheinungsbild und seinem Aussehen konnte man den Eindruck erhalten Jesus würde diesen Bund der Ehe persönlich schließen. Besonders der Trauspruch aus Galater 6,2: »Einer Trage des anderen Last, so werdet ihr das Gesetz Christi erfüllen«, fanden Mara und Dan einfach perfekt für sich.

Beide kämpften mit den Tränen, als sie sich ihr Ehegelübde gaben. Mara und Dan hatten jeweils für den Anderen einen Ehespruch entworfen, der nun vor allen Anwesenden aufgesagt wurde. Man konnte spüren, dass die Beiden in diesem Moment nur sich sahen und alles andere ausgeblendet hatten.

Nur zu gerne sagten sie zu ihrer Liebe JA. Auch Mary und Maria kamen die Tränen. Aber diese waren Tränen der Freude und des Glücks. Mary sagte zu Maras Mutter: »Ich verliere keinen Sohn, ich bekomme eine wundervolle Tochter dazu. Egal wo sie eines Tages wohnen werden.« Maras Mutter stimmte ihr zu, genauso sah sie es auch.

Es wurde ein rauschendes Fest. Mara verstand sich mit allen Gästen sehr gut. Obwohl sie sehr viele der Gäste erst an diesem Tag kennenlernte. Zum Abschluss kam ein großes Feuerwerk, was beide noch lange in Erinnerung bleiben wird.

Am nächsten Tag flogen sie für eine Woche auf die Bahamas in ihre Flitterwochen. All zu lange wollten sie ihre Eltern nicht alleine lassen. Braun gebrannt und gut erholt kamen sie nach Tallahassee zurück.

Maras Mutter sah ihrer Tochter an, was sie dachte und dann holte die Wirklichkeit sie wieder ein. Sie waren am Krankenbett von Ilona. Mara und Dan kamen jeden Tag zu Ilona ins Krankenhaus. Am 4. Tag war Ilona komplett wach und ansprechbar. Was sie nach der Begrüßung zu ihnen sagte, erstaunte beide und sie zogen den Hut vor Ilona.

»Ich weiß schon Bescheid und sie hob ihren linken Arm. Es ist ein Drama, aber ich glaube, dass ich trotzdem Lehrerin bleiben kann. Das meinen auch die Ärzte. Ich kann es nicht ändern, aber ich nehme mein Schicksal an. Es gibt Schlimmeres. Stellt euch vor, wenn ich ein Bein verloren hätte. Das hätte mich viel mehr aus der Bahn geworfen. Mara und Dan, ich weiß, ich kann immer auf euch zählen.«

Mara nahm ihre Schwester vorsichtig in den Arm und ihr liefen die Tränen herunter. »Aber natürlich kannst du das. Was immer wir tun können, machen wir möglich. Ich bewundere deine Stärke Ilona.«

»Die Ärzte haben von Anfang an mit mir ehrlich gesprochen. Dr. Albrecht sagte mir, dass es schon sehr gute Prothesen gibt«, erwiderte sie unter Tränen.

Dan bestätigte, was Mara bereits sagte: »Liebe Ilona, du bekommst die beste Prothese, die es auf dem Markt gibt. Mach dir um das Finanzielle bitte keine Sorgen.«

»Danke Dan. Ich schaff das schon. Ich will nur nach vorne schauen. Ich möchte nur wissen, wie das passiert ist? Was war der Grund?«

»Sobald wir Genaues wissen, sagen wir dir Bescheid.«

»Michael hat sich bis heute nicht bei mir blicken lassen. Der Arzt sagte mir, was so abgelaufen ist. Bitte sagt ihm, er braucht nicht mehr zu kommen. Ich will ihn nie wiedersehen. Es war vorher schon sehr anstrengend mit ihm. Er wird das sowieso nicht akzeptieren, Behinderte sind Abschaum für ihn.«

Sie erhob wieder ihren Linken Arm.

»Er ist ein großer Egoist. Auch zu euer Hochzeit wollte er mich nicht begleiten. So einen Mann brauche ich nicht. Ich habe mir das genau überlegt. Er soll seine Sachen aus der Wohnung nehmen. Und bitte nehmt ihm den Hausschlüssel ab. Wenn ich hier raus komme, will ich keine Sachen mehr von ihm sehen. Wurde er auch verletzt? Ach nein, kann wohl nicht sein, er ist kurz vorher raus gegangen.« Mara und Dan schauten sich nur an. Beide dachten sich, ob er damit etwas zu tun hat?

3

Dan fuhr noch einmal zum Schauspielhaus und erzählte, dass Michael kurz vor der Explosion aus dem Theater ging. Die Daten wurden aufgenommen. »Jeder kleine Hinweis kann helfen«, erklärte ihm der Kommissar.

Ein politischer Anschlag konnte bei dieser Größenordnung nicht ausgeschlossen werden. Davon ging Kommissar Beck auf jeden Fall aus. Aber warum ausgerechnet das Schauspielhaus? Es würde genug andere öffentliche Veranstaltungen geben. Auch nachdem die Spurensuche abgeschlossen war, konnten die Aufräumarbeiten noch nicht beginnen. Es musste erst der Gutachter der Versicherung abgewartet werden. Das Schauspielhaus bereitete eine Pressemitteilung vor, im dem es versicherte, dass alle bereits gekauften Karten gutgeschrieben werden.

Am nächsten Tag ließ Kommissar Beck Michael Lambert für die nächste Woche vorladen. Das interessierte ihn doch sehr, warum er kurz vor dem Anschlag den Saal im Schauspielhaus verließ. Es könnte Zufall sein, aber das sollte er ihm mal erklären.

Als Michael zum vereinbarten Termin erschien, war er wenig erfreut.

»Herr Lampert, vielen Dank, dass Sie bereit sind, eine Aussage zu machen.«

»Ich verstehe nicht, was ich hier soll.«

»Herr Lampert, ich habe nur ein paar Fragen an Sie, dann sind wir auch schon fertig. Sie waren mit ihrer Freundin Ilona Kamp am 12. Juni diesen Jahres bei einer Vorstellung im Schauspielhaus?«

»Ja leider, ich mag solche Vorstellungen nicht, aber Ilona wollte unbedingt dorthin, weil auch ihre Schwester Mara dort arbeitet. Ich wollte nur keinen erneuten Stress mit ihr, darum bin ich mitgegangen. Übrigens ist sie meine Ex-Freundin, wir haben uns getrennt. Nur das zur Richtigstellung.« Der Kommissar überhörte das Letzte.

»Können Sie etwas zu der Explosion im Schauspielhaus sagen?«

»Nein eigentlich nicht, ich bin kurz vorher raus gegangen, weil mich dieses Theaterstück anödete. Mich hat die Vorstellung überhaupt nicht interessiert. Ich hörte dann einen Knall und bin dann auch nicht mehr rein gegangen. Wenig später gab es noch einen Knall und ich sah, dass die eine Fensterscheibe zerbrach und raus fiel. Es gab auch eine Rauchentwicklung.«

»Sie sind nicht wieder zu ihrer Freundin gegangen?«

»Nein, warum auch? Ich dachte, nach der Vorstellung kommt sie doch sowieso raus.«

»Auch nach der Detonation sind sie nicht nachschauen gegangen, wie es ihrer Freundin geht?« Der Kommissar war sichtlich erstaunt.

»Nein, ich dachte, das käme von der Vorstellung. Erst als so viele Leute aus dem Theater gestürmt sind, dachte ich mir, dass da etwas los sein musste. Ich hörte dann die Feuerwehrsirenen, da wollte ich auch nicht stören. Außerdem, wenn alle raus rennen, macht es doch keinen Sinn, wenn ich rein gehe.«

Ganz leicht schüttelte der Kommissar den Kopf. Er konnte das gar nicht fassen, wie so ein Mensch zu seiner Freundin sein konnte.

»Herr Lampert, wie geht es ihrer Freundin jetzt?«

»Ex-Freundin, Herr Kommissar. Sie will mit mir nichts mehr zu tun haben.«

Wundert mich nicht, dachte sich Kommissar Beck.

»Außerdem wusste Ilona, dass ich Behinderte für Abschaum halte. Sie haben in unserer Gesellschaft nichts zu suchen.«

Kommissar Beck rang nach Atem. Nein so viel Kaltschnäuzigkeit hat er noch nie erlebt.

»Herr Lampert, ist Ihnen niemals der Gedanke gekommen, dass das jeden Menschen in jeder Minute passieren kann, auch Ihnen?«

»Daran glaube ich nicht. Ich bin etwas Besseres, mir wird so etwas nie passieren.«

»Herr Lampert, ich habe dann keine weiteren Fragen mehr an Sie. Sie können gehen. Sollte Ihnen dennoch etwas dazu einfallen, lassen sie es mich bitte wissen.«

Michael stand auf und ging ohne einen Gruß.

»Schröder haben sie das gehört? Ich habe schon viel in meiner langen Dienstzeit erlebt, aber so etwas noch nicht. Nennt Behinderte Abschaum. Er ist Abschaum, nur weiß er es noch nicht. Frau Kamp soll froh sein, dass sie den Kerl los ist.«

»Ja Chef, mir sind bald die Ohren abgefallen, als ich das hörte. Mit was für einer Arroganz der das sagte. Man soll Menschen nichts Schlimmes wünschen, aber dem….«

»Schröder«, ermahnte ihn Kommissar Beck, »Damit macht man keinen Scherz, auch wenn ich sie verstehe.«

»Die Freundin tut mich echt leid. Dieser Schnösel hat sie doch gar nicht verdient. Übrigens Chef, Morgen wollten sie zu Ilona Kamp. Vielleicht weiß sie etwas, oder ihr ist etwas aufgefallen.«

»Ja da gehe ich Morgen als Erstes hin.«

Sven der Krankenpfleger ging in das Zimmer seiner Lieblingspatientin Ilona Kamp.

»Hallo schöne Frau, darf ich Ihnen aufhelfen, um ihr Bett zu machen?«

»Aber gerne, wenn sie mich so lieb bitten.« Sie mochte Sven, er war so ganz anders als Michael. So fürsorglich, ob er das zu jeder Patientin ist?«

»Haben Sie noch starke Schmerzen? Ich kann Ihnen etwas bringen.«

»Nein schon gut, ich kann mich ja nicht ständig zudröhnen lassen.«

»Bei Ihren Verletzungen kann keine Rede von Zudröhnen sein.« Sven mochte diese Frau. Sie hat vor nicht all zu langer Zeit ihre linke Hand verloren und er hat sie nicht einmal darüber jammern gehört. Andere Patienten sind da ganz anders. Ich muss versuchen, sie außerhalb vom Krankenhaus zu treffen. Sehr lange wird sie wohl nicht mehr auf meiner Station bleiben, seufzte er.

Als er mit dem Betten machen fertig war, half er ihr wieder ins Bett. Er setzte sich aufs Bett und hielt kurz ihre rechte Hand. Ilona fühlte ein kribbeln und sie spürte Schmetterlinge im Bauch. Gut, dass ich Michael den Laufpass gegeben habe, dachte sie.

»Sag mal Sven, ab wann kann ich eine Prothese bekommen?«

»Nur mal langsam hübsche Frau, erst einmal muss alles richtig verheilt sein. Sonst haben Sie unnötig Schmerzen. Aber mal was anderes, wollen wir uns nicht duzen?«

»Ja warum nicht, ich habe nichts dagegen. Ich bin Ilona.« Oh meine Schöne, das brauchst du mir nicht zu sagen, ich kenne alle Daten von dir, dachte sich Sven.

»Dass ich Sven bin, brauche ich dir wohl nicht zu sagen. Wir können das später mit einem Glas Sekt besiegeln,« lächelte er sie an.

»Sprich doch einfach mal mit unserem Orthopäden Dr. Santas. Er kann dir ganz genaue Infos geben.«

»Ja das werde ich machen. Manchmal habe ich Schmerzen in meinen nicht vorhandenen Zeigefinger.»

»Das nennt man Phantomschmerzen, du kannst dagegen Schmerzmittel bekommen. Was macht deine Narbe am Bauch? Tut sie noch weh?«

»Nein, kaum noch. Ich bin es nicht gewohnt, bei jeden Pups Schmerzmittel zu nehmen und will jetzt auch nicht damit anfangen.«

»OK meine Schöne, aber wenn es nicht geht, sag einfach Bescheid. Ich muss jetzt leider gehen, sonst schickt Oberschwester Mathilde wieder einen Suchtrupp nach mir los«, und er musste lachen.

Ilona sah seine weißen ebenmäßigen Zähne. Er hat eine sexy Figur, fand sie. Dann sah sie zum Fenster und fragte sich, ob es noch einmal einen Mann für mich gibt, der meinen linken Arm so akzeptiert, wie er ist? Sven vielleicht?

Es klopfte an der Tür. Hmm dachte Ilona, für Mara war es noch zu früh. Sie sah zwei Männer.

»Guten Tag Frau Kamp, ich bin Kommissar Beck und das ist mein Kollege Schröder. Wir kommen wegen des Anschlags in dem Schauspielhaus. Wie geht es Ihnen?

»Soweit geht es« und sie hob ihren linken Arm. »Bis auf die Hand, die mal früher da war.« Sie lächelte dabei, es sollte nicht nach Anklage klingen.

Kommissar Beck schaute zerknirscht. Er hat selbst eine Tochter in ihrem Alter.

»Ich habe gehört, was sie für Verletzungen haben. Es tut mir sehr leid. Darf ich Ihnen ein paar Fragen stellen?«

»Ja sicher, wenn ich Ihnen helfen kann.«

»Welche Erinnerungen haben Sie noch vom 12. Juni diesen Jahres?«

»Ich war mit meinem Ex-Freund im Schauspielhaus. Meine Schwester Mara und mein Schwager Dan arbeiten dort und Mara hat mir die Werkstätten gezeigt, die ich mehr als interessant fand. Stellen sie sich vor, Herr Kommissar, ich konnte mit meinen Händen einen ganzen Baum tragen.« Ihre Augen füllten sich mit Tränen. Kommissar Beck ließ ihr etwas Zeit.

»Dann ging ich wieder zu Michael auf unsere Plätze. Es dauerte nicht lange und die Vorstellung fing an. Michael war sehr gelangweilt und er ging hinaus. Kurz darauf gab es einen lauten Knall. Von diesem Zeitpunkt weiß ich nichts mehr. Ich habe schon so oft nachgedacht, aber es ist alles weg. Wissen Sie schon, was es war, oder bei wem ich mich für meine verlorene Hand bedanken muss?«

»Ich habe schon gehört, dass Sie eine sehr starke Frau sind, was Ihre Situation betrifft und dazu gratuliere ich Ihnen«, und er lächelte sie an.

»Im Moment gehen wir allen Hinweisen nach. Auch ihr damaliger Freund machte bei uns eine Aussage. Er machte sich schon etwas verdächtig, weil er genau kurz vor dem Anschlag den Zuschauerraum verlies.«

»Herr Kommissar, Michael hat damit, bestimmt nichts zu tun. Ich weiß, wie er jetzt über mich denkt, über Behinderte im Allgemeinen, aber er ist ein sehr großer Feigling. Der würde sich so etwas gar nicht trauen. Der hätte viel zu viel Angst, selbst verletzt zu werden. Das wäre eine Katastrohe für ihn.«

»Den Eindruck hatte ich auch nach dem Gespräch. Dann möchte ich Sie nicht unnötig aufhalten, wenn Ihnen noch etwas einfallen sollte, bitte rufen Sie mich an. Ich wünsche ihnen weiterhin gute Besserung.« Er gab Ilona seine Karte. »Danke, ja das werde ich tun.«

4

Leon County Gefängnis in Tallahassee vor 6 Monaten.

Paul Hudson war auf dem Weg in den Gefängnistrakt, wo sich die Bücherei befand. Er suchte sich ein paar Bücher aus und traute seinen Augen nicht. Da saß doch tatsächlich Ole Titus. Der ihn alleine hatte Büßen lassen wollen.

»Ach nee Paul der Denker, der doch nicht so weit denken kann, dass es schief lief. Sonst würden wir nicht hier sitzen.« Und er spukte auf den Boden.

»Ole halts Maul, du hast dich selber in die Situation rein geritten und mich mit, weil du die Frau mit Hund getötet hast und die Kleine fast umgebracht hattest. Und du wolltest alles mir aufs Auge drücken.« Er hob seine Hände. »Wie soll ich damit jemanden Umbringen? Das haben auch die Gutachter festgestellt. Nur ich komm in 12 Jahren hier raus, während du hier verschimmeln wirst.«

Ole wurde wütend. »Bist du dir ganz sicher, dass du lebend hier raus kommst?« Und er ließ ein Messer aufblitzen.

»Ole mach kein Scheiß« und seine Augen weiteten sich. Wo hat er denn das Messer schon wieder her?, überlegte sich Paul.

»Was soll mir noch passieren, ich habe schon lebenslänglich.« Er kam auf Paul zu und der ging weiter rückwärts. Auf einmal stach Ole zu und traf Paul mitten ins Herz. Der sackte zusammen und Blut trat aus seinem Mund. Dann wurden seine Augen starr.

»Ja wer ist jetzt am längeren Hebel, hä, wer wohl«, und er lachte sein dreckiges Lachen.

Hinter ihm sagte jemand, »Ich.« Und Ole sah in einem Pistolenlauf vom Aufseher. »Und lass ganz langsam dein Messer fallen.«

»Ha ha lachte Ole weiter, was wollt ihr mir noch anhängen, ich habe bereits lebenslänglich? Er legte aber dann doch langsam das Messer auf den Boden.«

»Tja, mein Lieber, bis jetzt war es noch Zuckerschlecken, aber nun bist du reif für die Todeszelle. Du hast bestimmt schon gehört, wie es dort ist, oder?«

»Nein, das könnt ihr mit mir nicht machen«, wimmerte Ole und ging auf die Knie. Den Kopf ganz nach unten gesenkt.«

Der Aufseher schnippte mit dem Fuß das Messer weg und er orderte Verstärkung. »Das entscheiden nicht wir, sondern der Richter, und was glaubst du, wie er entscheiden wird?« Ole ließ sich ohne Weiteres abführen, er kam in Einzelhaft und wartete auf seinen 2. Mordprozess.

Die Familie von Paul Hudson wurde benachrichtigt, dass man ihn beerdigen lassen kann. Sie waren fassungslos, dass Paul ausgerechnet im Knast ermordet wurde. Das muss gesühnt werden. Paul war doch immer der Ruhige, warum musste er auf diese Art sterben. Er konnte doch niemand etwas tun. Das hat doch sogar das Gericht festgestellt. Was ist das alles für eine Scheiße, rief sein Bruder Eric. Sie wollten erst den Prozess abwarten.

Mara kam alleine zu Ilona ins Krankenhaus. Dan musste für eine TV-Produktion nach München. Sie wusste ja, dass es kommen wird, und sie vermisste ihn schon sehr. Sie ging wieder arbeiten. Das brauchte sie und lenkte sie etwas ab. Große Bühnenbilder standen im Moment nicht an. Und die kleineren konnte sie selber machen. Die Theaterleitung war froh sie wieder in den Werkstätten zu sehen.

Als Mara ins Krankenzimmer 222 zu Ilona gehen wollte, kam ein heißer Typ in weißer Kleidung heraus. Also musste er hier arbeiten. Mara musste schmunzeln, als sie das errötete Gesicht ihrer kleinen Schwester sah. Sie begrüßten sich wie gewohnt und Mara sah in den Augen von Ilona so ein Glänzen.

»Mensch guck nicht so, ja ich finde ihn schon cool. Bevor du anfängst zu nerven, er heißt Sven und arbeitet hier als Pfleger. Und ja er hat mich eben zu einem Kaffee außerhalb des Krankenhauses eingeladen. Und noch mal ja, ich habe zugesagt.« Und sie freute sich so sehr. Beide mussten lachen.

»Mensch Ilona, das ist doch wunderschön. Er bringt dich bestimmt auf andere Gedanken. Ich freue mich so für dich.« Der linke Arm von Ilona war nicht mehr so dick verbunden.

Glücklich sagte Ilona zu Mara, dass sie Morgen schon entlassen wird. »Ich weiß noch nicht, wie das jetzt alles wird, aber ich gebe mir Mühe, dass ich das schnell in den Griff bekomme. Mit der Prothese muss ich noch warten, bis alles verheilt ist. Wenn du mit Kindern arbeitest, lernst du Geduld zu haben, aber die Geduld bei mir selbst zu haben, fällt mir etwas schwer. Ich hoffe, sie müssen nicht noch einmal nachoperieren. Das hört man bei vielen, ich habe mich erkundigt. Der Arzt sagte beim letzten Verbinden, dass es ganz gut geworden ist und es heilt relativ schnell. Ich werde mich die nächsten Tage bei Mama und Papa einnisten und dann mein Leben wieder in meine Hand nehmen.« Dieses Mal zeigte sie ihre rechte Hand hoch.

»Glaubst du, dass du dich schon fit genug dafür fühlst.«

»Ja ich glaube schon, außerdem möchte mich Sven auch besuchen. Sind alle Sachen von Micha aus meiner Wohnung?«

»Alles raus, er war zwar nicht so angetan, dass wir dabei standen, aber er konnte es nicht ändern. Hier ist dein 2. Wohnungsschlüssel.«

»Du und Dan, ihr seid die besten Menschen, die ich kenne.« Und sie drückte ihre Schwester an sich.

»Ilona ich habe es dir schon einmal gesagt, ich bewundere deine Stärke. Ich glaube, ich hätte es nicht so gut weggesteckt. Meinen Beruf hätte ich an den Nagel hängen müssen. Ich finde dich großartig. Bitte denk über Dans Vorschlag nach. Nimm die beste Prothese, die es auf dem Markt gibt. Was die Versicherung nicht zahlt, übernehmen wir.«

»Ach weißt du, man muss aus allem das Beste machen. Klar ich hätte herumlamentieren können, hätte ich dadurch meine Hand wiederbekommen? Nein, also muss man das Schicksal annehmen und sehen, wie man damit klarkommt. Irgendwie geht es doch immer weiter.

OK ich muss erst einmal sehen, was für Prothesen angeboten werden. Das ist ja auch für mich totales Neuland. Ich habe aber schon gelesen, dass es Prothesen gibt, die sich per Gedanken bewegen können. Das geht glaube ich auch nur für Hand und Armprothesen. Wenn nur nicht die Phantomschmerzen wären. Manchmal tun mir die ersten Gelenke der Finger weh, die gar nicht da sind oder mir juckt einfach nur der Handrücken. Das ist schon komisch.

»Das stelle ich mir sehr krass vor«, meinte Mara.

»Aber meine liebe Schwester, du hast eine Entführung hinter dich gebracht ohne große Schäden. Du wusstest nicht, ob sie dich leben lassen, oder nicht. Das wiederum wäre für mich sehr hart gewesen. Du siehst, jeder hat sein Päckchen zu tragen und wir beide sind starke Frauen.« Mara musste ihr Zustimmen, aber sie hatte auch Dan, den Ilona nicht hat. Aber vielleicht wird es etwas mit Sven. Ich würde es ihr so wünschen.

Am nächsten Tag holte Mara ihre Schwester ab und brachte sie erst zu ihren Eltern. Ilona musste noch vier Tage warten, bis sie zur offenen Reha gehen konnte. Sie wird morgens abgeholt und abends wieder gebracht. So konnte sie bei ihrer Familie bleiben. In der Reha sollte sie auch ihre erste Prothese bekommen. Sie wusste, die nächsten 4 Wochen konnte sie noch nicht arbeiten gehen.

Ein paar von ihren Schülern besuchten sie im Krankenhaus mit einer Kollegin. Sie malten ihr ein Bild, was sie aufgehoben hat. Sie fand die Geste sehr berührend. Für diese Kinder wollte sie auch in Zukunft da sein. Kinder waren etwas Wunderbares, fand Ilona. Sie wartete auf Mara und Dan, bis sie sie zur Tante machten. Aber noch wollten beide davon nichts wissen. Nach dem Anschlag auf das Schauspielhaus wunderte sich Ilona auch nicht.

Sie hoffte inständig, dass Mara ihre Depression bald ganz in den Griff bekommt. Seitdem sie Bella hatte, ist es schon viel besser geworden. Dieser süße Hund wickelte alle um seine kleine Pfote.

Als sie noch in Tallahassee waren, da war es sehr schlimm. Ilona wusste auch, dass Mara in Dan den besten Mann der Welt bekommen hatte. Mit ihm an ihrer Seite würde sie alle Stürme gut umschiffen.

Nele und Mara trafen sich abends in Maras gemütlichen Wohnzimmer. Dan war bei seinem Freund Holger.

»Mara wie geht es dir? Ich meine, wie geht es dir wirklich?«

»Na ja weißt du, in mir steckt immer noch die Angst in den Knochen. Wir hatten so viel Glück, das wir nur ein paar Kratzer abbekommen hatten. Die große Kulisse hat uns gerettet, sagte die Polizei.«

Bella kam zu Mara auf das Sofa und kuschelte sich an sie. Natürlich war sie ganz wild auf ein Leckerli, was sie auch bekam.

»Ich bin so glücklich, dass ich dieses kleine Wollknäuel habe. Sie tröstet mich und vieles wird dann einfacher. Sag mal, wenn uns beiden etwas passieren sollte, würdest du Bella als erste Anlaufstelle zu dir nehmen, bis meine Familie sich um sie kümmern kann? Ich habe neulich im Internet gelesen, dass es solche Karten gibt. Die man bei sich trägt, damit jeder weiß, zu Hause ist noch ein Hund, der auf einen wartet. Ich würde mir so eine Karte besorgen. Du wohnst ja hier im Haus.«

»Denk doch nicht gleich an das Schlimmste.« Mara schaute sie nur an.

»Ja ich weiß, was du mir damit sagen willst. Klar nehme ich die Kleine. Kein Problem. Dass es solche Karten gibt, finde ich echt gut.«

»Mal was anderes, wie kommst du jetzt mit dem Reichtum von Dan klar? Du hattest ja ganz massive Probleme, wie du mir am Telefon sagtest.«

»Na ja, bei Dan geht es, er kehrt es nicht so raus. Seine Eltern eigentlich auch nicht. Sie geben dir nie das Gefühl, das sie mehr haben. Nicht mit Worten. Du hast es ja an der Hochzeit gesehen. Natürlich macht Dan mir Geschenke, aber er passt auf, dass nichts so protzig wirkt. Am Anfang war das schon ein Schock.«

»Mara, wenn ich mich hier umschaue, bist du auch nicht gerade arm, von daher gleicht ihr euch an. Halt nicht so wie seine Eltern, aber verstecken musst du dich nicht. Hat Dan eigentlich einen Ehevertrag von dir gefordert?«

»Nein wir haben keinen. Auf der einen Seite hätte ich ihn verstanden, auf der anderen Seite ist es irgendwie eine schlechte Basis für die Ehe, finde ich. In der heutigen Zeit hört man es immer öfters, dass Eheverträge geschlossen werden. Irgendwie war das nie ein Thema.

Wie geht es mit dir und deinem Karsten? Ist da schon etwas wie Verlobung geplant?« Mara zwinkerte sie an.

»Nee, noch nicht, ich bekomme immer so schnell kalte Füße. Ich weiß auch nicht warum. Jetzt traut er sich bestimmt nicht mehr, mich zu fragen.«

»Dann mach du doch den Anfang. Ich lese es immer wieder, dass Frauen die Initiative ergreifen.«

»Nöö, da bin ich altmodisch, und nicht so dolle emanzipiert. Das soll schon der Mann machen.« Beide lachten.

Sven hielt Wort und besuchte Ilona auch bei ihren Eltern und sie gingen aus. Auch Sven verstand sich mit ihren Eltern sehr gut. Er half ihr, wo er konnte ohne ihr das Gefühl zu geben, behindert oder hilflos zu sein. Er tat ihrer Seele gut.

»Du Sven, ich kann es gar nicht abwarten, endlich die Prothese zu bekommen. Auch wenn es nicht meine eigene Hand ist, so wird man von den Leuten dann weniger angestarrt.«

»Bald meine Schöne. Dann wird man kaum noch einen Unterschied sehen. Und lass die Dummen Leute schauen. Sie wissen es nicht besser. Ich habe schon Handprothesen gesehen, denen kannst du die Fingernägel lackieren.« Sven zwinkerte ihr zu.

Ilona liebte es, wenn er sie so nannte.

»Glaubst du, du kannst dich auf mich einlassen meine Schöne? Ich glaube ich habe mich in dich verliebt. Ich liebe deine Stärke, wie du mit deiner Situation umgehst. Du bist ein großes Vorbild für viele Menschen, denen so etwas Ähnliches passiert ist. Ich werde deinen Stumpf genauso lieben, wie den Rest von dir.«

»Das hätte ich mir niemals zu träumen gewagt, dass ein Mann mich nach diesem Unfall noch einmal anschaut. Ja auch ich habe mich in dich verliebt. Schon im Krankenhaus«, flüsterte sie.

So kam es zum ersten Kuss für die Beiden.

»Es ist doch so, dass man doch nicht nur einen Teil eines Menschen liebt, es ist doch das Gesamtpaket. Und was ich so sehe, ist alles an dir zum Anbeißen.«

Ilona fühlte sich wie auf Wolke 7.

5

Kommissar Beck machte sich so seine Gedanken. Noch trat er auf der Stelle. Ein eindeutiges Motiv oder ein Bekennerschreiben gab es noch immer nicht. Also deutete alles darauf hin, dass der oder die Täter vermutlich unter den Opfern sein musste. Er holte sich vom Staatsanwalt die Genehmigung, Fingerabdrücke von allen Verletzten und den drei Toten einholen zu dürfen. Die Fingerabdrücke auf dem Rucksack mit den Molotowcocktails und dem zweiten Feuerlöscher haben sie ja bereits. Mit dem Abgleich könnte der Fall vielleicht aufgeklärt werden. Noch standen aber zu viele Fragen offen. Noch einmal ging er alle Namen der Opfer durch. Die drei Toten waren Schauspieler, die haben ganz sicher nicht die Sprengsätze gezündet, das wäre ja glatter Selbstmord. Das waren keine typischen Selbstmordkandidaten. Da zündet doch nicht einer die Sprengsätze und tanzt ganz seelenruhig auf der Bühne, als wenn nichts gewesen wäre. Nein, das macht überhaupt keinen Sinn.

Michael Lampert, den halte ich wirklich für zu feige. Er hat bestimmt nur ein großes Maul, wie er sich hier gegeben hat. Damit wollte er ganz sicherlich seine Unsicherheit herunterspielen. Und ein Motiv dafür kann man auch nicht ersehen. Ich wette, hat der einen Pups quer, bricht für ihn die Welt zusammen.

Ich müsste auch mal ins Labor gehen, ob sie schon herausgefunden haben, was für ein Sprengsatz das war.

Da hat es noch einen sehr schwer verletzten gegeben. Ein Mann hat sein Bein verloren und bleibt vermutlich querschnittsgelähmt. Der hat sich den Besuch im Schauspielhaus bestimmt auch ganz anders vorgestellt.

Kommissar Beck war zufrieden, alle Verletzten hatten nichts dagegen, ihre Fingerabdrücke abzugeben. Sie wollten zur Aufklärung beitragen und wohl auch sicher machen, dass sie mit den Anschlägen nichts zu tun hatten. Nur einer war teilnahmslos, aber das muss man auch verstehen, bei seinen Verletzungen. Da wäre ich auch nicht sehr gesprächig. Außerdem hatte er auch nichts gegen die Fingerabdrücke. Damit muss man erst einmal fertig werden. Es sind auch nur noch 3 Verletzte im Krankenhaus. Alle anderen konnten entlassen werden. Wir werden sie noch einmal besuchen. Das kann Schröder übernehmen. Und er gab die Akte weiter an seinem Kollegen.

Zwei Stunden später hatte er auch die Sprengstoffarten von den Feuerlöschern auf den Tisch. Ein sehr ungewöhnliches Gemisch aus Trinitrotoluol, Kunstdünger, Reinigungsmittel und noch weitere Chemikalien, die jeder in der Apotheke kaufen konnte. Diese Chemikalien nehmen gerne Terroristen, wie die Erfahrung gezeigt hat. Sie wurden bei vielen Anschlägen gefunden, wenigstens Reste davon. Es wurde ein Brückenzünder benutzt. Im Bericht stand, diese Programmierungen werden meistens von Leuten vorgenommen, die sich im IT-Bereich sehr gut auskennen. Von den Verletzten war nicht bekannt, dass so eine Koryphäe dabei war. Dann kann es auch niemand von den Verletzten sein. Man drehte sich wieder im Kreis.

Ich werde mal die Feuerlöscher Firma Brandsand einen Besuch abstatten, sagte

Kommissar Beck laut zu sich selbst. Laut der Theaterleitung soll mit den Feuerlöschern etwas nicht gestimmt haben. Vielleicht kommen wir dann der Sache näher. Dan Harper hat sie darauf aufmerksam gemacht. Sie hätten die Firma auch angeschrieben, aber bis heute immer noch keine Antwort bekommen. Somit bat er Dan noch einmal um ein Gespräch.

»Herr Harper, sie hatten die Theaterleitung auf die unzureichende Prüfung der Feuerlöscher hingewiesen. Können Sie mir das bitte noch einmal schildern?«

»Aber gerne, ich habe während meiner Studienzeit in Berlin bei einer Firma gearbeitet, die Feuerlöscher wartet und verkauft. Und seitdem ist es so ein Spleen von mir, wenn ich einen Feuerlöscher sehe, schaue ich drauf. Viele Firmen wittern das schnelle Geld, indem der Feuerlöscher nur abgestaubt wird, ein neues Prüfmärkchen kommt rauf und die Rechnung wird geschrieben. Ich sah es an der Plombe, dass nichts gemacht wurde. Da es um ein Theater geht, wäre der Schaden im Brandfall enorm und hätte eventuel Menschenleben gefährdet. Darum gab ich der Theaterleitung einen Tipp.«

»Ist Ihnen als Fachmann sonst noch etwas an den Feuerlöschern aufgefallen?«

»Nein, außer dass sie nicht richtig geprüft waren, ist mir nichts aufgefallen.«

»Gut das war es dann auch schon. Ich danke Ihnen für diesen Hinweis.«

Als Kommissar Beck bei der Firma Brandsand vorsprach, war man schon etwas erschrocken. Sehe ich wirklich so schrecklich aus?, dachte er sich. Er wollte den Inhaber sprechen. Die Sekretärin wurde etwas nervös. Kommissar Beck sah an sich herrunter, ist etwas mit seiner Kleidung nicht in Ordnung? Da kam ihm auch schon der Inhaber Herr Hartmann entgegen.

»Herr Kommissar, bitte kommen sie in mein Büro!« Er nickte der Sekretärin zu und folgte Herrn Hartmann. Die Tür schloss sich hinter ihnen.

»Vielen dank Hr. Hartmann, dass sie mich so schnell empfangen haben. Das ist sehr freundlich von Ihnen.«

»Na, wenn der Kommissar selbst sich die Ehre gibt, dann muss ich doch Zeit haben. Was kann ich für Sie tun?«

»Ihre Firma prüft seit Jahren die Feuerlöscher im Schauspielhaus. Ist das richtig?«

»Ja das stimmt. Ist irgendetwas nicht in Ordnung?«

»Sie haben sicher von den Anschlägen im Schauspielhaus gehört und auch das ein Feuerlöscher zur Detonation gebracht worden ist und ein Zweiter mit einem Sprengsatz gefunden wurde.«

»Ja das ist für uns sehr bedauerlich, aber ich kann ihnen versichern, das unsere Firma damit nichts zu tun hat.«

»Vor vier Monaten hat die Theaterleitung sie angeschrieben, worauf sie nicht geantwortet haben. Gibt es dafür eine Erklärung?«

»Ach dann ist der Brief sicher unter die Reklame gefallen. Wissen Sie, wir bekommen sehr viel Reklame.«

Hm, sagte der Kommissar, aber auch auf Telefonate haben sie nicht reagiert.« Fragend sah der Kommissar seinen Gegenüber an.

»Das kann nicht sein, ich habe Order gegeben, wichtige Anrufe alle zu mir durchzustellen. Moment bitte.« Er drückte seine Sprechanlage:

»Frau Huber kommen Sie bitte mal rein.« Frau Huber kam herein, eine Mitte vierzigjährige gepflegte Erscheinung.

»Frau Huber sind in letzter Zeit Anrufe vom Schauspielhaus bei uns eingegangen,« fragte Herr Hartmann barsch.

»Ähm ja schon einige, aber ich dachte, die wären nicht wichtig. Sie sagten doch nur wichtige Anrufe durchstellen.« Herr Hartmann wurde rot vor Wut.

»Und darf ich denn mal erfahren, was das Schauspielhaus wollte?«, fragte er drohend. Tränen standen der Sekretärin in den Augen.

»Sie haben etwas wegen einer Prüfung gesagt und ich gab es an Herrn Tanner weiter, weil es in seinem Prüfgebiet liegt und er sich bei dem Kunden auskennt.«

»Gehen Sie jetzt, wir sprechen noch darüber,« wurde sie abgekanzelt.

»Ich muss mich bei Ihnen entschuldigen, Herr Kommissar. Sie haben ja gehört, dass ich davon gar nichts erfahren habe. Ich wäre natürlich dem hinterher gegangen.« Für den Kommissar war klar, dass Hr. Hartmann vermutlich wirklich nichts wusste.

»Kann ich mich mit Herrn Tanner einmal unterhalten?«

»Das wird schwierig sein, Herr Tanner verließ uns überraschend am … warten Sie, ja das war genau am 14. Juni diesen Jahres. Ich weiß es noch genau, weil das sehr sonderbar war. Herr Tanner war ein langjähriger Mitarbeiter von uns, niemals gab es einen Grund zur Klage. Und auf einmal bat er um eine schnelle Kündigung, weil seine alte Mutter krank sei. Er soll wohl wieder nach Bayern gezogen sein. Ich kann Ihnen gerne die Adresse geben.«

»Ja das wäre sehr freundlich.«

Kommissar Beck ging wieder in sein Büro und versuchte Herrn Tanner zu erreichen. Aber niemand ging ran. Also werden seine Fingerabdrücke auf jeden Fall an jedem Feuerlöscher im Schauspielhaus zu finden sein.

Er drückte auf seine Telefonanlage und bat seine Kollegin Elke Brecht in sein Büro. Sie kam auch gleich.

»Chef, Sie wollten mich sprechen?«

»Ja ich habe einen Auftrag, fahren Sie bitte zu Herrn Benno Tanner, hier ist die Adresse.«

»Wow, das ist ja in Bayern. OK was soll ich herausfinden?«

»Fühlen Sie ihm doch mal auf den Zahn, warum er abrupt seine Stelle gekündigt hat und was mit den Feuerlöschern vom Schauspielhaus war. Nehmen Sie Hr. Peters mit. Möglicher weise steht Hr. Tanner mit den Sprengsätzen in Verbindung«

»Ja OK Chef wird gemacht.« Sie gab ihm ihr schönstes Lächeln. Es war ein offenes Geheimnis, das sie schon lange für Hr. Peters schwärmte.

Zwei Tage später kam Elke Brecht, um ihren Bericht abzugeben.

»Chef das mit Benno Tanner war ne komische Geschichte. Ich hatte den Eindruck, dass er sehr viel Angst hatte. Als wir immer wieder nachhakten mit dem Schauspielhaus, ist er zusammengebrochen. Er stammelte immer, er brauchte doch das Geld.«

»Was für Geld meinte er?«

Ich habe Ihnen hier die Bandaufnahme mitgebracht. Den Bericht schreibe ich noch. Ganz ehrlich, Herr Tanner kam mir nicht sehr intelligent rüber, aber hören sie selbst:

»Herr Tanner, Sie sagten, Ihnen hat jemand Geld angeboten, wenn sie zwei Feuerlöscher austauschen. Habe ich das richtig verstanden?«

»Ja genau so war es. Ich würde ihm außerdem einen großen Gefallen tun. Ich bin immer sehr hilfsbereit müssen Sie wissen Frau Brecht.«

Kommissar Beck stoppte das Aufnahmegerät und pfiff leise durch die Zähne.

»Die Sache bekommt ja immer mehr Brisanz.« Und er startete wieder das Aufnahmegerät.

»Was sollten Sie mit den Feuerlöchern tun?«

»Die waren für die beiden Bühnentore gedacht. Darüber würde sich die Theaterleitung besonders freuen, sagte mir der Mann. Wegen der Sicherheit und so. Ich dachte er ist von der Verwaltung.«

»Na ja eine Überraschung wurde es ja wirklich,« warf der Kommissar sarkastisch ein.

»Haben Sie sich denn nichts dabei gedacht, dass Ihnen jemand Geld anbot, für eine Gefälligkeit?«

»Doch schon, aber ich dachte, ich könnte dann meiner Mutter besser helfen, mit den Schmerzen klarzukommen. Ich brauchte das Geld. Ich habe Schulden und das konnte mir helfen, aus der Misere herauszukommen.«

»Können Sie uns eine Personenbeschreibung geben?«

»Er war Mitte 30, blonde Haare und normal groß.«

»Was verstehen Sie unter normal groß?«

Er zeigte dann auf Stefan Peters.

»Also um die 1,85 m?«

»Herr Peters, stehen Sie doch bitte mal auf. Ja genau, so groß war er ungefähr. Und er hatte so ein schönes Dialekt.«

»Was für ein Dialekt war es denn?«

»Das weiß ich nicht, aber es hat sich schön angehört. Ich habe das vorher noch nie gehört.«

»War es ein deutscher Dialekt«

»Was denn sonst? Gibt es auch ein ausländischen Dialekt?«

»Ja das gibt es, jedes Land hat seine Dialekte.«

»Davon verstehe ich nichts.«

»Warum haben Sie ihre Arbeitsstelle so schnell gekündigt?»

»Ganz im Vertrauen, Frau Polizeichefin, ich hatte ganz einfach Angst. Sie wissen bestimmt, was in der Zeitung stand. Sie hätten doch mich verdächtigt. Aber ich habe doch nur einen Gefallen getan.«

»Soso, witzelte Kommissar Beck, du bist zur Polizeichefin aufgestiegen.«

»Chef ich habe ihn reden lassen, weil ich doch so viel Infos für Sie wollte, wie möglich.«

»Ist ja in Ordnung, ich höre mir das schnell zu Ende an.«

»Was war denn mit den Anrufen vom Schauspielhaus?«

»Ach die meinen Sie? Die Sekretärin gab mir davon eine Notiz. Aber ich hatte dann doch keine Zeit mehr, mich darum auch noch zu kümmern. Frau Polizeichefin, was passiert mir denn nun?«

»Sie werden wohl eine Anzeige bekommen, weil sie die Feuerlöscher nicht hätten tauschen dürfen. Nehmen Sie sich am Besten einen Anwalt.«

»Oh Gott, oh Gott, das machen meine Nerven nicht mit und was wird dann mit meiner Mutter?«

»Das wird nicht so schlimm werden. Ihr Anwalt wird sie gut beraten. Sollen wir Sie zu einem Arzt bringen?«

»Nein danke, ich kann meine Mutter nicht alleine lassen. Wenn sie nachher schläft, gehe ich zu Dr. Sonne.«

»Danke Elke, du und Stefan ihr habt einen guten Job gemacht. Ja den Anwalt wird er brauchen.«

Universitätsklinikum Frankfurt.

Dr. Uwe Richter ging die Krankenakten durch. Durch den Anschlag im Schauspielhaus hatten sie 6 Neuzugänge bekommen. Zwei davon waren sehr schwer verletzt. Einer hatte ein Bein verloren und wird vermutlich querschnittsgelähmt bleiben. Noch weiß er das nicht. Sein Bein war richtiggehend zerfetzt. Da war nichts mehr zu retten. Er muss sich wohl ganz in der Nähe der Detonation befunden haben. Armer Kerl.

Und eine Frau hatte ihre Hand verloren. Die inneren Verletzungen war nicht so tragisch. Sie war noch so jung, erst 24 Jahre alt. Lehrerin, gut den Beruf kann sie weiterhin ausüben. Mit einer Prothese wird das bestimmt kein Problem mehr sein. Und gerade sie war in ihrer Art bewundernswert. Sie hat ihr Schicksal angenommen. Augen zu und durch. Wo nimmt sie bloß diese Stärke her? Vermutlich hat sie eine sehr intakte Familie. Das würde ich jeden Patienten wünschen.

In der Zeitung stand, dass sie auch Leichenteile gefunden haben. Das muss dann wohl von den drei Schauspielern gewesen sein, die getötet wurden. Eine furchtbare Sache. Und gerade der Patient, der das Bein verloren hat, ist ein Sorgenkind. Er ist Amerikaner und hat keine Krankenversicherung.

Gerade heute war wieder Frau Schanker bei mir. Die Klinik muss wirtschaftlich arbeiten. Das geht in der heutigen Zeit nicht mehr anders. Was er nun gedenke zu tun? Für ihn als Arzt ist jeder Patient wichtig. Nur redet der Patient so gut wie nichts mehr. Obwohl wir seine Sprache verstehen und auch sprechen. Als er nach der OP aufwachte und sein fehlendes Bein sah, war er zuerst entsetzt und dann stellte er das Sprechen komplett ein. Wir wissen weder was er in Deutschland wollte, noch wohin sein Weg gehen soll? Ob er Familie hat? Er wollte nicht, dass wir jemanden benachrichtigen, sinnierte Dr. Richter.

Also muss man sich an die amerikanische Botschaft wenden, das soll aber die Verwaltung machen. Dafür haben wir Ärzte keine Zeit und es ist auch nicht unsere Aufgabe. Es ist wieder Zeit, ich muss in den OP, sagte er zu sich.

6

Mara und Dan besuchten Ilona nach der Reha.

»Hey Süße wie geht es dir.«

»Na ja, eigentlich recht gut, aber ich streite mich gerade mit meiner Krankenkasse.«

»Warum das, wollen sie nicht für die Prothese zahlen?«

»Das schon, aber nicht für jedes Modell. Es gibt Prothesen aus Silikon. Die sind leichter sehen der eigenen Hand fast zum Verwechseln ähnlich. Man kann alles nachmachen, sogar die Härchen Fältchen usw. Aber die Kosten von 45.000€ möchten sie nicht übernehmen. Die Kasse möchte nur bis zu 30.000€ zahlen. Es gibt zwar schon Urteile, wo sie zahlen musste, aber es muss jeder Fall von Neuem eingereicht werden. Ich weiß halt nicht, wie lange der Klageweg sein wird. Manche sagen, es kann Jahre dauern.«

»Ilona«, sagte Dan: »Mach dich nicht verrückt, nimm die Beste, die es auf dem Markt gibt. Wir zahlen den Rest drauf. Du bist eine junge Frau und wirst die ästhetische Prothese bestimmt dringender brauchen, als eine alte Frau die ihr Berufsleben schon hinter sich hat.«

»Dan, das finde ich total lieb von dir, aber wenn wir das so machen, möchte ich dir das Geld zurück bezahlen. Ich habe sonst kein gutes Gefühl dabei. Du kannst nichts für diesen Anschlag.«

»OK, dann zahle mir monatlich 5€ zurück«, grinste er.«

Ilona musste so lachen. »Dan, da zahle ich 250 Jahre, glaubst du wirklich wir beide werden so alt?« Auch Mara musste lachen.

»Du kannst gut und schnell rechnen. Na dann lass es uns doch versuchen, meinte Dan. Mal sehen wie weit wir kommen.«

»Mein Lieber, du vergisst, dass ich Lehrerin bin. Was soll ich jetzt dazu sagen?«

»Mach es einfach, suche dir die beste Prothese aus. Damit machst du uns glücklich.« Dan zwinkerte ihr zu und auch Mara stimmte ein. Ilona kamen die Tränen. Sie ging zu den Beiden und umarmte sie.

»Ich habe doch die beste Familie auf dieser Welt. Ich danke euch so sehr. Also Dan halte so lange durch. Dein Vater ist ja Schönheitschirurg, er kann dir äußerlich bestimmt behilflich sein«, lachte Ilona. »Mach nur nicht schlapp. In der Reha habe ich erfahren, dass sie in einer Klinik in Heidelberg die besten Prothesen haben sollen. Man hat schon ein Termin mit mir ausgemacht. Mal sehen, was ich da erfahre. Bisher habe ich meine Muskeln am Arm trainiert, damit ich darüber die Finger der Prothese steuern kann. Das ist ganz schön anstrengend, sage ich euch.«

»Und denk daran, dass du noch ein paar Kilos auf die Rippen bekommst. Du hast im Krankenhaus ganz schön abgenommen. Du hast doch bestimmt Untergewicht«, meinte Dan.

»Ach das bekomme ich schon hin. Wisst ihr eigentlich schon, wer den Anschlag verübt hat? Gab es ein Bekennerschreiben.«

»Nein, ein Bekennerschreiben gab es noch nicht. Langsam sickert etwas durch, aber Dan will sich noch einmal mit Kommissar Beck unterhalten. Es bringt nichts, wenn man nach

Gerüchten geht. In circa 2 Wochen hat das Schauspielhaus wieder geöffnet. Bis dahin wird auch die Versicherung sich ein Bild gemacht haben. Auf die Täter kommt eine hübsche Summe zu. Der Schaden an der Kulisse und dem Bühnentor waren schon erheblich. Dan war mit Aufräumarbeiten beschäftigt und ich konnte noch einige kleine Aufträge fertigmachen.«

»Aber liebe Ilona, ich habe auch mal was Positives zu berichten. Ich hatte seit 1 ½ Wochen keine Depressionen und keine Albträume mehr. Ich bin sehr glücklich darüber. Ich hoffe inständig, dass es so bleibt.«

»Mensch Mara, das ist ja wundervoll. Ich freue mich für dich. Ich wette da hat dein Maltesergirl Bella etwas dazugetan, oder?«

»Ja sie hat ganz viel dazu beigetragen. Ich habe so viel Spaß mit ihr und Dan auch. Das war das schönste Geschenk, was mir Dan machen konnte. Dafür braucht man keine Millionen«, und sie zwinkerte Dan liebevoll zu.

»Wir wollen uns jetzt auch mal nach einem gemeinsamen Liebesnest umsehen. Meine kleine Wohnung wird wirklich etwas zu eng.«

»Steht es fest, dass ihr in Deutschland bleibt?«

»Ja für die nächsten Jahre auf jeden Fall. Ich muss doch auf dich aufpassen.« Die Drei lachten herzlich.

Ilona machte es wahr, sie ließ sich eine Prothese aus Silikon mit allem Schnickschnack anfertigen. So kann sie auch die Finger einzeln bewegen. Man zeigte ihr den Unterschied zu den normalen Kassenprothesen. Das fand sie schon sehr krass. Als sie endlich ihre Prothese bekam, war sie unglaublich glücklich. Nun konnte sie auch wieder ihren Dienst in der Schule antreten. Die Kinder waren sehr neugierig und wollten sehen, ob die nichtvorhandene Hand wirklich ersetzbar war.

Kevin fragte, wie das funktioniert? Mona konnte ihm und den anderen Kindern erklären, dass das mit Muskelkraft ging. Sie hatte trainiert damit sie den rechten und linken Armmuskel separat bewegen konnte und darüber konnte sie die Finger steuern. Die Kinder fanden das sehr spannend. Und Paul erklärte: »Das ist fast wie bei meinem Opa. Er hat nur noch ein Bein, und er kann das auch über die Muskeln regeln.«

»Stefan dein Opa läuft durch ein Gelenk in der Prothese. Der Muskelaufbau hilft ihm nur dabei. Arm und Beinprothesen gehen etwas anders.«

»Ja oder so war das«, stimmte Stefan zu.

Kommissar Beck las den Bericht vom Labor immer und immer wieder. Warum hat er das getan? Sie wussten nun, wer als mutmaßlicher Täter für die Anschläge im Schauspielhaus verantwortlich war. Eric Hudson. Das stand nun ohne Zweifel fest. Fingerabdrücke und DNA bewiesen es. Ihm gehörte auch der Rucksack mit den Molotowcocktails. Und ausgerechnet er wurde am schwersten Verletzt. Bein ab, querschnittsgelähmt. Vermutlich hat er auch die Sprache verloren, denn er spricht nicht mehr. Wenn er transportfähig ist, wird er ins Gefängniskrankenhaus überführt. Nein er braucht keine Wache vor der Tür, weglaufen kann er nicht mehr. Er wurde eigentlich schon mehr bestraft, als es die Gerichte tun könnten.

Wie Dr. Richter und Dr. Albrecht sagten, spricht er nicht mehr, seitdem er gesehen hat, dass er nur noch ein Bein hat. Was in aller Welt war sein Motiv?, sinnierte er. Auch seine Kollegen konnten sich keinen Reim darauf machen. Wo ist der Hass so groß geworden, dass er unschuldige Menschen in den Tod reißt? Er ist kein typischer Selbstmordattentäter.

Kommissar Beck und sein Kollege, den alle nur Schröder nannten, ging in die Uniklinik zu Eric Hudson. Heute wollten sie ihn mit den Untersuchungen konfrontieren. Sie klopften an, und öffneten die Tür.

»Guten Tag Mr. Hudson, ich bin Kommissar Beck und das ist mein Kollege Schröder. Mr. Hudson, wie geht es Ihnen?« Sie bekamen keine Antwort.

»Mr. Hudson, sie stehen unter dem dringenden Tatverdacht die Sprengungen im Schauspielhaus am 12. Juni diesen Jahres gezündet zu haben. Wir haben Ihre Fingerabdrücke und eine DNA an ihrem Rucksack und den Molotowcocktails verglichen und es gab eine 99.9%tige Übereinstimmung. Möchten Sie etwas dazu sagen, oder möchten sie einen Anwalt anrufen?«

Sie bekamen wieder keine Antwort. Eric schaute sie noch nicht einmal an.

»Schade, dass sie nicht kooperativ sind. Dann möchte ich Ihnen mitteilen, dass sie übermorgen in das Gefängniskrankenhaus verlegt werden und es wird gegen Sie Anklage laut § 308 (3) Herbeiführung einer Sprengstoffexplosion erhoben.«

Abermals bekamen sie keine Antwort.

Kommissar Beck und sein Kollege schauten sich kurz an und verließen das Zimmer.

»Schade, dass wir gar nichts erfahren haben. Ich werde mich an meinen Kollegen in Tallahassee wenden. Vielleicht ist über ihn oder seine Familie etwas zu erfahren.«

Kommissar Becks Handy klingelte und er sah bestürzt aus. Als er auflegte, sagte er tonlos: »Einen Tag nach dem Tod der Mutter hat Benno Tanner Selbstmord begangen. Nun haben wir in der Sache schon 4 Tote. Gott sei Dank, dass die anderen Verletzten alle das Krankenhaus verlassen konnten.«

Er führte noch ein Gespräch mit Dr. Richter, der natürlich sehr bestürzt ist.

»Oh ja, der Mann wurde wirklich hart bestraft. Ich möchte seine Tat nicht schönreden. Es ist schlimm, was er getan hat. Jetzt verstehe ich auch, warum er nicht mehr gesprochen hat. Das war wohl nicht nur sein Beinverlust. Ich weiß auch nicht wem oder was er treffen wollte. Anscheinend hat alles nicht so geklappt, wie er es sich vorgestellt hat.«

»OK, dann können wir jetzt die Pressemitteilung machen«, sagte Kommissar Beck. Das gehört nicht gerade zu seinen Lieblingsbeschäftigungen. Muss aber gemacht werden.«

Also rief Kommissar zur Pressekonferenz. Der Presseraum war proppenvoll. Alle waren gespannt, was nun bekannt gegeben wird. Zu lange schon wurde über den Fall im Schauspielhaus stillschweigen bewahrt und in der Presse heiß diskutiert .

Dann trat Kommissar Beck mit seinem Kollegen Benjamin Schröder und Peter Müller als Pressesprecher sowie den Oberstaatsanwaltschaft Otto Becker vor die Presse.

Zuerst sprach der Pressesprecher Peter Müller:

»Einen schönen guten Tag meine Damen und Herren. Mein Name ich Peter Müller und ich bin der Pressesprecher von der Soko Frankfurt und möchte Ihnen die Herren neben mir vorstellen. Ganz rechts von mir sitzt der Herr Oberstaatsanwalt Herr Otto Lehmann daneben sitzt der Leiter der Soko Frankfurt am Main, Herr Kommissar Thomas Beck. Links neben mir sitzt sein Kollege Herr Benjamin Schröder. Ich gebe das Wort an dem Leiter der Soko Herrn Beck.«

»Meine sehr verehrten Damen und Herren, ich kann Ihnen mitteilen, dass wir einen dringenden Tatverdächtigen haben, der vermutlich die Sprengsätze im Schauspielhaus gezündet hat. Wir fanden von dem Tatverdächtigen einen Rucksack mit einigen Molotowcocktails.

Die Sprengsätze sollten mittels zweier Feuerlöscher, die rechts und links bei den jeweiligen Bühnentoren hingen, gezündet werden. Jedoch blieb der Sprengsatz am linken Bühnentor ungezündet. Wie die präparierten Feuerlöscher dorthin kamen, wird zurzeit noch geklärt. Der Tatverdächtige hüllt sich bisher in Schweigen.

Gleichzeitig wurde auch im Foyer des Schauspielhauses ein Sprengsatz gezündet, woraufhin eine Glasscheibe zu Bruch ging und auf die Fußgängerzone fiel. Gott sei Dank gab es dort keine ernsthaften Verletzten zu beklagen. Der Tatverdächtige Eric H. wurde bei dem Anschlag selbst schwerst verletzt.

Bitte haben Sie Verständnis, das wir zu den laufenden Ermittlungen noch nichts sagen können. Dies geschieht zu einer späteren Pressekonferenz. Ich danke Ihnen und ich gebe das Wort an unseren Oberstaatsanwalt Herrn Otto Lehmann.«

»Auch ich begrüße Sie meine Damen und Herren. Der dringende Tatverdächtige ist amerikanischer Bürger und wurde dem Haftrichter vorgeführt. Die Explosion am rechten Bühneneingang fand mittels eines Feuerlöschers mit einer explosiven Mischung statt. Auch am linken Bühneneingang wurde ein Feuerlöscher mit gleichem Inhalt gefunden, der Gott sei Dank nicht gezündet wurde. Möglich, dass der Beschuldigte mit den Zündzeitpunkten nicht sehr vertraut war. Was allerdings für einige Leute einen glücklichen Ausgang nahm. Sonst hätte es höchstwahrscheinlich mehr Opfer gegeben. Auch im Foyer wurde ein Sprengsatz gezündet. Noch wissen wir nicht, ob es weitere Täter gibt. Durch die Explosion fanden drei Schauspieler sofort den

Tod. 8 Personen wurden schwer verletzt, darunter auch der mutmaßliche Beschuldigte. 17 Personen wurden leicht verletzt. Das sind die derzeitigen Zahlen.

Wir sind in ständigem Kontakt mit unseren amerikanischen Kollegen und hoffen, Ihnen in Kürze mehr sagen zu können. Ich danke Ihnen. Somit ist die heutige Pressekonferenz beendet.«

Fragen der Presse wurden an der heutigen Pressekonferenz nicht genehmigt.

»Puh, geschafft«, stöhnte Kommissar Beck.» Jetzt können wir zu unserer normalen Arbeit wieder zurückkehren.«

Auf dem Gang zu seinem Büro sah er Dan Harper sitzen, der auf ihn gewartet hat.

»Herr Kommissar, darf ich sie kurz sprechen?«

»Wenn es schnell geht, ich komme gerade von der Pressekonferenz.«

»Ich wollte gerne nach dem Stand der Dinge fragen. Frau Ilona Kamp möchte natürlich gerne wissen, wer der oder die Täter sind.«

»Über den mutmaßlichen Täter Eric Hudson ist noch nicht viel zu sagen.« Der Kommissar merkte gerade, dass er ausversehen den vollen Nachnamen genannt hat. Das wollte er nicht.

Dan wurde ganz blass, was der Kommissar sofort wahrnahm.

»Herr Kommissar sagten Sie eben den Namen Hudson? Wissen sie, ob er noch einen Bruder hat?« Dan merkte, dass er immer angespannter wurde.

»Ja sagte der Kommissar langsam, ich sagte den Namen, Hudson, aber ich muss sie um absolutes Stillschweigen bitten. Denn der Nachname sollte noch nicht an die Öffentlichkeit. Passiert mir sonst nicht, aber eben ist er mir rausgerutscht. Aber warum sind Sie so verstört?«

»Na ja ich kann mich täuschen und es gibt den Nachnamen Hudson bestimmt öfters. Aber ich kenne einen, allerdings nur namentlich, der in dem Entführungsfall meiner jetzigen Frau Mara involviert war. Da gab es einen Paul Hudson, der war einer der Entführer meiner Frau im letzen Jahr. Meine Frau könnte Ihnen vermutlich genauere Auskunft geben. Ich möchte Sie aber darauf schonend vorbereiten, dass sie sich dazu äußern soll. Denn sie hatte an der Entführung schwer zu kämpfen.«

»Ihre Frau wurde entführt? Wann war das und wo?«

»Sie können mir glauben, dass ich dieses Datum mein Leben lang nicht vergessen werde. Es war der 10. Mai nahe dem Haus meiner Eltern. Sollen wir einen Termin mit meiner Frau zusammen vereinbaren?«

»Ja auf jeden Fall Herr Harper und so schnell wie möglich. Wir stehen in Verhandlungen mit den amerikanischen Behörden.«

»Gut, ich werde sie nachher anrufen.«

Als Dan nach Hause kam, hatte er ein mulmiges Gefühl. Er hatte Angst das Mara wieder in die Depression fällt. Das wollte er auf jeden Fall vermeiden.

»Hallo Schatz, bist du da?«

»Ja in der Küche kannst du kaum verfehlen«, lachte Mara.

Sie sah in das zerknirschte Gesicht von Dan.

»Was ist los?«, fragte sie.

»Wie geht es dir mental Liebling?«

»Ganz gut, warum fragst du?«

Dan druckste herum. »Na ja ich war heute beim Kommissar, ich wollte nach dem Stand der Dinge fragen. Sie haben vermutlich den Täter. Auf jeden Fall ist ein Beschuldigter verhaftet worden.«

»War es ein einzelner Täter, oder gab es nun doch ein Bekennerschreiben?«

»Ob es mehrere Täter gibt, weiß ich nicht genau. Der Kommissar hat mir ausversehen den kompletten Nachnamen gesagt. Das wollte er eigentlich nicht. Der mutmaßliche Täter heißt Eric Hudson.« So nun war es raus, dachte Dan.

»Hudson, Hudson«, überlegte Mara.

»Der Name kommt mir bekannt vor. Warte mal«, und Mara lief ins Wohnzimmer. In der einen Schublade muss es doch sein, dachte sie. Sie fand das Schreiben und fing an zu zittern. Mit bebender Stimme sagte sie:

»Paul Hudson einer meiner Entführer. Aber das muss nichts zu bedeuten haben oder?« Sie sah Dan ängstlich an. Er kam sofort zu ihr und nahm sie in die Arme.

»Nein Liebling, das muss es nicht.«

Als sich Mara etwas beruhigt hatte, fragte Dan sie, ob sie bereit wäre, eine Aussage bei Kommissar Beck zu machen. Es muss natürlich nachgeprüft werden, ob es Namensgleichheiten waren, oder doch ein Familienangehöriger.

»Ja sagte Mara, das werde ich tun. Ich will wissen, wer meiner Schwester das angetan hat? Wer die Schauspieler getötet hat und die anderen Besucher verletzte?

»OK Liebling, ich rufe den Kommissar an und mache einen Termin aus. Er fragte mich, ob du eine Aussage machen würdest. Glaubst du, dass du stark genug bist?«

»Ja das werde ich sein.« Sie blickte Dan entschlossen und tief in die Augen.

7

Mara und Dan saßen im Büro von Kommissar Beck. Sie lasen in der Zeitung von der Pressekonferenz.

»Danke Frau Harper, dass sie bereit sind, eine Aussage zu machen und das sie es so schnell möglich machen konnten. Wir wissen noch nicht, ob die beiden Namen zu einer Familie gehört, oder nicht.«

»Herr Kommissar, wenden Sie sich bitte an Captain Pepper in Tallahassee. Er hat meinen Fall damals geleitet. Hier habe ich Ihnen das Urteil mitgebracht. Vielleicht hilft es Ihnen.«

»Oh ja, danke Frau Harper, das wird uns vielleicht weiterhelfen. Mit dem Aktzenzeichen wird es nun viel einfacher.« Er gab es seinen Kollegen mit der Bitte um eine Kopie.

»Was ist das für ein Typ, der so etwas macht«, fragte Mara.

»Das wissen wir noch nicht genau, er verweigert die Aussage. Und das ist ein Mann, der die schlimmsten Verletzungen hat. Er hat ein Bein verloren und ist querschnittsgelähmt.«

»Oh wie schrecklich«, erwiderte Mara. Sie fragte, ob es ein Bild von dem mutmaßlichen Täter gibt. Der Kommissar und Dan schauten sich an.

»Ja wir haben das Polizeifoto von ihm. Schröder geben Sie mir bitte mal die Akte.«

Als er sie bekam, schlug er sie auf, und zeigte Mara das Bild. Sie schaute auf ein teilnahmsloses Gesicht. Und dann wurde ihr ganz heiß. Diese Augen, alles kam in ihrer Erinnerung von der Verhandlung zurück. Diese Augen blickten sie so hasserfüllt an. Sie wusste nicht warum. Sie hatte doch nichts getan. Mara ist ganz blass geworden und sie rief:

»Dan da ist der Typ aus der Gerichtsverhandlung. Er sah mich so hasserfüllt an. Kurz bevor seine Mutter abgeführt wurde, weil sie so keifte. Der Richter hatte sie ermahnt, aber sie hörte nicht auf und da hat er sie aus dem Gericht entfernen lassen. Oh mein Gott.«

Dan saß neben ihr und hielt ihr die Hand.

»Frau Harper sind sie sich ganz sicher?«

»Ja, niemals werde ich diesen Hass in seinen Augen vergessen.«

Ich kann mir keinen Reim darauf machen. Ich habe ihn vorher nie kennengelernt. Sein Bruder Paul hat mir vermutlich das Leben gerettet. Als Ole auf mich einschlug, schubste Paul ihn von mir weg. Daran kann ich mich erinnern.«

»Aber was macht er in Deutschland? Und warum das Schauspielhaus?, fragte Dan.«

»Das werden wir herausfinden, machen Sie sich keine Sorgen.«

Auf einmal kamen Mara die Tränen und sie schaute zu Dan.

»Kannst du dich an das Schreiben noch erinnern, als die Mutter schrieb. Sonst wird was passieren? Dan ich habe Angst.«

Der Kommissar hakte nach: »Was für ein Schreiben?«

Dan erklärte ihm, dass Mara ein Schreiben bekam, in dem die Mutter von Paul Hudson sie warnte nicht zur Gerichtsverhandlung zu erscheinen, sonst würde etwas passieren. Aber er maß dem keine so große Bedeutung bei. Er hatte das Schreiben zum Gericht und zu seinem Vater gefaxt. Für ihn war der Fall damit erledigt. Der Kommissar machte sich Notizen.

»Ich gehe dem Fall nach.«

»Frau Harper, ich danke Ihnen für diese Aussage. Vermutlich haben Sie uns sehr geholfen. Haben Sie das Schreiben noch? Würden Sie es mir bitte zukommen lassen?«

»Ja ich habe es noch, Sie können es haben. Ich faxe es Ihnen heute noch zu.«

Mara war froh, als sie endlich gehen konnten. Sie zitterte am ganzen Körper. Dan nahm sie draußen in die Arme und strich ihr beruhigend über den Rücken.

»Dan sollten wir getroffen werden im Schauspielhaus? Das wäre doch schrecklich.«

»Liebling, das müssen wir jetzt abwarten.«

Die gleichen Gedanken hatte Dan gehabt. Aber das wäre doch Wahnsinn. Deshalb Morde zu begehen. Dafür musste es doch einen Grund geben.

Kommissar Beck gab die Information sofort an den Staatsanwalt weiter und orderte von Captain Pepper die Unterlagen an. Nun musste er warten.

Der Staatsanwalt pfiff durch die Zähne.

»Das zieht ja Kreise, wo keiner daran dachte. Bleiben sie dran Beck. Sie bekommen von mir jegliche Unterstützung.«

Kommissar Beck bedankte sich.

Er ging noch einmal zu Herrn Hartmann von Brandsand. Dieses Mal war die Sekretärin etwas relaxter. Er konnte auch gleich durchgehen ins Büro von Herrn Hartmann. Nach der Begrüßung setzte er sich und die Sekretärin kam gleich mit dem Kaffee. Als sie wieder die Tür schloss, begann der Kommissar:

»Herr Hartmann, ich weiß nicht, ob Sie es schon gehört haben, dass sich Herr Tanner das Leben genommen hat? Einen Tag nachdem seine Mutter gestorben ist.«

»Nein das ist ja furchtbar. Warum das denn? Hing er so sehr an seiner Mutter?«

Bevor er auf die Frage einging, fragte er:

»Was für ein Mensch war Herr Tanner?«

»Tja, wie soll ich das sagen. Herr Tanner war fast 15 Jahre bei uns. Wie ich Ihnen schon sagte, gab es nie Beanstandungen. Er hat sich ab und zu mit Thomas Beer privat verabredet. Herr Tanner, ist eigentlich nie groß aufgefallen. Er lebte wohl alleine. Aber vielleicht kann Ihnen Herr Beer mehr über ihn berichten.«

»Gab es schon einmal Unregelmäßigkeiten mit Herrn Tanner?«

»Nein nie, er war nur in der letzten Zeit sehr nervös. Ich dachte, es lag an seinen privaten Problemen.«

»Vermutlich hat Herr Tanner unabsichtlich die beiden Feuerlöscher mit dem Sprengstoff ins Schauspielhaus gebracht. Er hatte dafür Geld bekommen. Aber das werden wir noch nachprüfen. Noch sind ein paar Fragen offen.«

»Oh mein Gott, Herr Kommissar, das wäre ja furchtbar, wenn unsere Feuerlöscher in so einer Sache involviert sind.« Er schaute auf die Uhr und bat um etwas Geduld. Herr Hartmann drückte auf die Sprechanlage.

»Ist Herr Beer schon im Haus? Ist gut er soll sich bitte bereithalten oder besser, schicken Sie ihn bitte ins Konferenzzimmer. Ja danke.«

»Herr Kommissar, in 10 Minuten ist Herr Beer im Haus, dann können sie ihn sprechen.«

»Ja danke, das ist sehr nett von Ihnen.«

»Ist doch Ehrensache her Kommissar.

Herr Hartmann wollte nicht, dass seine Feuerlöscher in so eine Sache verwickelt werden. Er hat immer darauf geachtet, alles sauber zu führen. Er war erschüttert von dem, was er hörte.

Kommissar Beck saß schon im Konferenzzimmer als Herr Beer den Raum betrat. Die Sekretärin hatte Kaffee und Gebäck bereitgestellt.

»Herr Kommissar Beck?«

»Ja ganz richtig, dann sind sie Thomas Beer?«

»Ganz genau, sagen Sie Herr Kommissar, stimmt das, dass Benno tot ist?«

»Ja das stimmt leider. Darüber wollte ich mit Ihnen reden.«

»Ich weiß darüber aber gar nichts. Ich habe mich die ganze Zeit gewundert, warum ich ihn nicht erreichen konnte. Auf sein Festnetz nicht und auch nicht auf seinem Handy. Ich bin traurig, er war ein feiner Kerl. Ich habe mich mit ihm angefreundet. Er war in der letzten Zeit sehr um seine Mutter besorgt. Sie hatte Krebs und bekam wohl nicht genügend

Schmerzmittel, wie er mir erzählte. Er wollte sich einen Zweitjob suchen. Aber mit über 50 Jahren ist das nicht so einfach. Dann erzählte er mir, dass er einen Mann getroffen hat, der ihm aus der Misere helfen konnte. Ich sagte noch, Benno mach keinen Scheiß, such dir eine Arbeit. Von da an war er recht kurz angebunden. Ich weiß nicht, was das für ein Typ war, der ihm Geld versprach.«

»Herr Beer, erzählte Hr. Tanner, wie der Mann aussah, der ihm das Geld anbot? Sprach er davon, was er dafür tun sollte?«

»Nein leider gar nichts. Zu dem Zeitpunkt war er schon etwas zugeknöpft.»

»Hier haben Sie meine Karte, sollte Ihnen noch etwas einfallen, rufen Sie mich bitte an.«

»Danke, ja das werde ich tun.« Herr Beer erhob sich und verließ das Konferenzzimmer.

So langsam kam Bewegung in diese Geschichte. Ich bin gespannt, was Captain Pepper herausfindet.

Es dauerte nicht lange und Captain Pepper schickte seine Infos per E-Mail.

Nun gibt es schon fünf Tote in der Sache, und er schüttelte den Kopf. Paul Hudson ist wirklich der Bruder von Eric Hudson. Paul Hudson wurde im Gefängnis umgebracht. Und nur, weil er damals der Mörder nicht sein konnte? Wie geht das denn? Ah ich verstehe, er hatte gesundheitliche Probleme, Rheuma in den Händen und einzelne Finger waren dadurch deformiert. Wie ein Gutachter feststellte, konnte Paul keine Waffe in den Händen halten. Und der Mörder Ole Titus wartet jetzt wohl auf die Todeszelle, weil man ihn auf frischer Tat ertappt hatte. Für Paul kam jede Hilfe zu spät, ein Stich mit dem Messer mitten ins Herz. Was ein Irrsinn, dachte Kommissar Beck.

Sven saß mit Ilona in einem schicken Restaurant. Ilona hatte ihre Prothese und sie sah ihrer gesunden Hand zum Verwechseln ähnlich. Mit ihrer Muskelkraft konnte sie die Finger bewegen.

»Schau dir das an Sven, ich kann sie schon gut bewegen. Nun schaut mich niemand mehr blöde an.«

»Ich sehe es, meine Schöne. Das ist schon Wahnsinn, was technisch heute alles möglich ist. Aber das ist kein Kassenteil oder?«

»Nein, ich hatte die Order von meinem Schwager, mir die beste Prothese auszusuchen. Ich will ihm die Mehrkosten zurückzahlen. Dan will von mir nur 5€ pro Monat haben, aber dazu muss ich rund 250 Jahre abzahlen.«

»Uiiih da habt ihr euch aber etwas vorgenommen«, lachte Sven.

»Ja ich habe ihm schon gesagt, dass er sich gesund ernähren soll, dass er es auch schafft.« Auch Ilona musste sehr lachen.

»Weißt du Sven, ich bin so glücklich, dass ich so eine tolle Familie habe. Und damit meine ich nicht das Geld, was Dan mir gegeben hat. Es stimmt einfach alles. Sie haben mir nach dem Anschlag so viel Kraft gegeben. Ich kenne nicht viele, die auf ihre Familie so zählen können.«

»Das stimmt leider. Ich habe manchmal den Eindruck, dass es Menschen gibt, die sich gerne streiten. Ich habe auch so eine Cousine. Von ihr halte ich mich auch zurück. Wie geht es mit der Arbeit? Was sagen die Kinder?«

»Sven das war total süß. Die einen glaubten das gar nicht, dass es eine Prothese ist, weil sich die Hände so ähnlich sind. Erst als sie die Hand anfassen durften, merkten sie es. Max sagte sogar, dass ich jetzt wieder alles machen kann, also ist es mit der Nachsichtigkeit vorbei. Die ganze Klasse musste lachen. Ich bin so froh, dass ich wieder unterrichten kann. Das hatte mir gefehlt.«

Sven streichelte ihre rechte Hand und auf einmal musste er lachen. Ilona schaute ihn fragend an.

»Du hast es wahr gemacht? Du hast auf deiner Prothese wirklich Nagellack drauf getan?«

»Aber natürlich, wie sieht denn das aus, wenn ich nur auf einer Hand den Nagellack drauf habe. Mein Prothesenbauer meinte, da gibt es eine Lösung um ihn wieder zu entfernen.«

Ilonas Handy klingelte und Sven hörte ihr zu. Als sie auflegte, war sie ein bisschen verwirrt.

»Was ist los meine Schöne?«

»Mara rief eben an und sagte, dass sie mich morgen Abend unbedingt sprechen muss. Es geht um den mutmaßlichen Täter vom Schauspielhaus. Sie klang so aufgeregt. Ich bin gespannt, was dabei herauskommt. Ob sich das bewahrheitet hat, was in der Zeitung über die Pressekonferenz geschrieben wurde?«

»Du kannst dann bestimmt Schmerzensgeld einklagen, wenn von dem Typ was zu holen ist.«

»Stimmt, Schmerzen hatte ich genug und habe sie auch weiterhin. Diese blöden Phantomschmerzen. Ich bin auf das Motiv gespannt, gleich so viele Menschen in den tot zu reißen und etliche so schwer zu verletzen. Jeder einzelne Tote ist ein Tod zu viel.

8

Kommissar Beck saß Eric Hudson gegenüber. Er saß im Rollstuhl und wurde hineingeschoben. Und wieder wurde der Kommissar nicht beachtet. Das wird sich gleich ändern glaube ich, dachte er sich.

»Es ist schade, dass Sie nicht mit mir reden wollen, wo ich doch wirklich Neuigkeiten für Sie habe.« Wieder kam keine Reaktion.

Ich gehe davon aus, dass Paul Hudson ihr Bruder ist.«

Eric sah ihn das erste Mal an.

»Leider muss ich Ihnen Mitteilen, dass ihr Bruder im Gefängnis von Tallahassee ermordet wurde.«

Eric bäumte sich auf und rüttelte an seinem Rollstuhl.

»Diese kleine Schlampe, jetzt hat sie ihn auch noch umgebracht. Und ich kann nichts mehr tun.« Und er sah an sich hinunter.

»Sollten Sie mit Schlampe, Frau Harper meinen, Ihnen ist sie wohl eher bekannt unter ihrem Mädchennamen Kamp, so kann ich Ihnen mitteilen, dass sie damit nichts zu tun hat. Ihr Bruder wurde von seinem Kumpanen Ole Titus erstochen.« Eric starrte ihn ungläubig und verwirrt an.

»Diese Frau hat nur Unglück über unsere Familie gebracht«, brach es aus ihm heraus. Wäre sie damals nicht vor Gericht erschienen, wäre mein Bruder nicht verurteilt worden. Sie ist an allem Schuld. Meine Mutter hatte schon recht, da musste etwas unternommen werden. Ich hoffe, ich habe sie und ihren Saubermann erwischt.«

»Mr. Hudson, nein beide wurden nicht verletzt, aber Sie haben sich selbst den schlechtesten Dienst erwiesen, den man sich vorstellen kann. Sie haben ein Bein verloren und sind querschnittsgelähmt. Eine unschuldige junge Frau verlor eine Hand, von den drei toten Schauspielern will ich erst gar nicht reden. Die übrigen Verletzten waren Gott sei Dank nur leicht verletzt. Sie haben einen großen Schaden angerichtet.«

Kommissar Beck schaute in diese verhassten Augen, von dem Frau Harper sprach. Jetzt verstand er sie.

»Warum geben sie Frau Harper die Schuld? Sie wurde unter anderem von Ihrem Bruder entführt, obwohl sie zu dem Zeitpunkt nicht zu der reichen Familie Harper gehörte. Haben sie die Gerichtsverhandlung nicht richtig verfolgt? Auch wenn Ihr Bruder nicht zugeschlagen hat, so hat er sich doch der Beihilfe schuldig gemacht. Und ein unbeschriebenes Blatt war ihr Bruder auch nicht. Das wissen Sie. Es waren bis zu dieser Einführung nur kleinere Delikte. Wir haben den Drohbrief von ihrer Mutter und das wird für sie auch ein Nachspiel haben.«

»Lassen Sie meine Mutter aus dem Spiel. Sie hat alles richtig gemacht.«

»So glauben Sie wirklich? Bedrohung oder Androhung ist hier und auch in den USA eine Straftat. Unser § 241 StGB regelt das ganz genau. Das können Sie auch ihren Anwalt fragen. Sie haben einen Pflichtverteidiger bekommen.«

»Ich brauche niemanden und lassen Sie mich endlich in Ruhe.«

»Für heute lasse ich Sie in Ruhe, aber wir werden uns wiedersehen.«

Kommissar Beck stand auf und klingelte, dass man ihn wieder raus ließ. Wir haben auf jeden Fall erreicht, dass er redet, dachte er sich. Und gleich ein halbes Geständnis, damit habe ich auch nicht gerechnet. Nur ist es noch nicht protokolliert, ließ er seine Gedanken freien Lauf.

Mara und Ilona trafen sich in Ilonas Wohnung. Sie hatte es sich nun so gemütlich eingerichtet, wie sie es wollte. Kein Michael, der ihr immer wieder rein redete.

»Nun was weißt du über den mutmaßlichen Täter liebe Mara?«, wollte Ilona wissen.

Mara druckste herum, denn das war ihr jetzt alles sehr unangenehm.

»Nun ja, nicht du solltest das Opfer werden, sondern ich. Mich wollte man töten.« Nun war es raus und es ging ihr etwas besser.

»Was sagst du da?«, wollte Ilona wissen. »Weshalb sollte dich jemand töten? Ich kann das nicht begreifen« Ilona kämpfte mit den Tränen, warum ausgerechnet ihre Schwester?

»Ja sagte Mara, das war der Bruder von dem einen Entführer von damals. Ausgerechnet der, der mir wahrscheinlich das Leben gerettet hat. Das ist doch wirklich Ironie des Schicksals. Der Dicke hatte immer zugeschlagen und der andere - Paul hieß er – wollte nie Gewalt. Jedenfalls sagte er das immer. Ich glaube er war auch nicht so gesund. Er hatte irgendetwas mit seinen Händen. Er schubste den Dicken von mir weg. Sonst hätte er mich wohl totgeschlagen.«

»Das ist ja ein dickes Ding. Und warum mussten so viele Menschen verletzt und getötet werden. Aber du hast doch gar nichts getan. Ich verstehe das nicht.«

»Dan und mir ist nur nichts passiert, weil der eine Feuerlöscher nicht mehr gezündet werden konnte. Wir standen direkt neben ihm. Das wäre sicher unser Tod gewesen. Der Typ hat das nicht auf die Reihe bekommen. Außerdem wurde er selber sehr schwer verletzt. Er hat ein Bein verloren und ist querschnittsgelähmt.«

»Autsch, na der wurde doch schon bestraft und dass ganz schön krass. Oh man, wenn ich daran denke, dass man dich töten wollte…..« Ilona kamen nun endgültig die Tränen.

Mara kam herum, setzte sich neben sie auf das Sofa und nahm ihre Schwester in den Arm und sie weinten gemeinsam.

»Ich bekam kurz vor unserem Abflug zur Gerichtsverhandlung im letzten September ein Brief von der Mutter von Paul. Dass ich der Verhandlung fern bleiben soll. Sonst würde etwas passieren. Wer denkt denn gleich an so etwas? Wir haben euch damals nichts gesagt, weil wir euch nicht unnötig aufregen wollten. Dan hatte das Schreiben gleich an das Gericht geschickt. Vermutlich hat die Alte deshalb so gekeift. Es war wohl so, dass es nur der Dicke war, der die Frau und den Hund umgebracht hat. Das Gericht hat durch ein Gutachten festgestellt, dass Paul körperlich nicht in der Lage war, jemanden umzubringen. Er hatte starkes Rheuma und dadurch deformierte Finger. Der Dicke hatte angegeben, dass Paul die beiden umgebracht hatte. Ich habe nur meine Aussage gemacht und habe bestätigt, dass es die Beiden waren, die mich entführten. Ich bin nach meiner Aussage aus dem Gericht gegangen. Aber Paul wäre sowieso mit dran gewesen. Das Gericht sah es als Beihilfe an. Deshalb hat er auch nur 12 ½ Jahre Knast für alle Delikte bekommen.

Der Dicke hat lebenslänglich bekommen. Und in den USA heißt das wirklich lebenslänglich. Da kommst du nicht schon nach 6 Jahren wieder raus, wie hier in Deutschland. Kalifornien und Texas sind da besonders streng. Da kann der Häftling erst nach 40 bzw. 45 Jahren ein Gnadengesuch einreichen. Das kommt dann auf den Präsidenten, an, ob er ihn begnadigt. Das soll noch nicht oft vorgekommen sein.«

»Das ist ja wirklich heftig liebe Mara.« Das scheint dich wohl sehr zu belasten. Mach dir nichts daraus. Du kannst für den kranken Typ nichts.«

»Ja ich mache mir schon Gedanken, wenn sie extra nach Deutschland kommen, um mich zu finden. Demnächst gehe ich noch einmal zu Kommissar Beck und möchte mal fragen, wie sie mich gefunden haben.«

Maras Handy klingelte, als sie wieder auflegte, musste die schmunzeln.

»Das war Dan, er hat für Morgen einen Termin mit einem Makler gemacht. Er sagte, es wäre unsere Traumwohnung. Ich soll sie mir mal anschauen. Das ist lieb, dass er sich darum gekümmert hat. Ich habe überhaupt kein Kopf dafür gehabt. Ich hoffe nur, dass er auch an Bella gedacht hat. Nicht dass er eine Penthousewohnung nimmt, wo kein bisschen Grün ist. Ich lass mich mal überraschen.«

»Mara, das ist doch super. Ich wünsche euch, dass es das Richtige ist. Es ist für euch bestimmt gut, wenn ihr wohnlich einen neuen Anfang macht. Ich wünsche dir alles Glück der Welt.

Am nächsten Tag um 14 Uhr standen Mara und Dan vor dem Haus, wo sie sich eine Wohnung im 1. Stock ansehen können. Sie warteten noch auf den Makler. Mara war jetzt schon begeistert, als sie die vielen Grünanlagen sah.

»Super Dan, du hast an Bella gedacht. Die Außenanlage gefällt mir sehr gut. Hier wird Bella sich wohler fühlen, als in meiner Wohnung. Eine Russin hatte mir einmal erzählt, dass sie, bevor sie in eine Wohnung oder Haus einziehen, erst ein Tier in die Wohnung lassen. Wenn sie merken, dass das Tier in der Wohnung oder dem Haus bleibt, dann erst würden sie es kaufen oder Mieten. Da wäre es egal, ob es ein Huhn oder Katze ist. Das würden sie heute auch noch so machen.«

Dan schmunzelte. »Dann ist es ja gut, dass wir Bella dabei haben.« Und schon sahen sie den Makler auf sich zukommen.«

»Guten Tag Frau Harper, Herr Harper, mein Name Ist Bernd Hommler, entschuldigen Sie bitte meine Verspätung, der Verkehr... Können wir rein gehen?«

»Aber sicher meinte Dan, kein Problem, wir sind auch erst vor einer Minute angekommen. Die Außenanlage macht schon mal einen guten Eindruck.«

Sie kamen in die Wohnung und Mara ließ wirklich Bella zuerst in die Wohnung. »Keine Sorge sagte sie zum Makler, Bella ist absolut sauber.« Er nickte nur. Dann hob er die Vorzüge von diesem Mietobjekt hervor.

»Diese luxuriöse 3-Zimmerwohnung hat eine Gesamtfläche von 127,1 m². Wenn ich Ihnen die Ausstattung einmal aufzählen darf:
Hochwertige modere Einbauküche.
Bodentiefe dreifach verglaste Holz-Aluminium Fenster
Elektrische Jalousien

Eiche Vollholzparkett

Fußbodenheizung
Exklusive Bäder mit Feinsteinzugfliesen und bodengleichen Duschen – Loggia mit traumhaften Blick ins Grüne
Videosprechanlage
Tiefgarage mit ebenerdigen Stellplätzen und direktem Zugang zum Untergeschoss.

Ich lasse Sie jetzt einmal in Ruhe alles anschauen, wenn Sie fragen haben, bin ich gerne für sie da.«

Beide bedankten sich.

»Hast du gehört Dan, Eiche-Parkett, kein dunkles Palisanderholz. Und die Bodentiefen Fenster sind ideal für Bella. Dann kann sie rausschauen.«

Dan musste lachen. »Ja mein Schatz, kein Palisanderholz.«

Sie sahen sich alles ganz genau an und Mara war begeistert.

»Die Wohnung ist nicht so weit vom Schauspielhaus entfernt. Das ist gut. Nur schade, dass ich Nele nicht mehr im Haus haben werde. Das war immer schön bequem, wenn ich mal schnell weg musste, wo Bella nicht mitkonnte. Wie gefällt dir die Wohnung?«

»Also mir gefällt sie sehr gut. Die Zimmer sind sehr geräumig. Wir werden uns dann wohl neue Möbel kaufen müssen. Wenn sie dir auch so gut gefällt, dann nehmen wir sie. Ich habe schon mit dem Makler abgemacht, wenn wir sie haben möchten, kommen auch keine anderen Interessenten.« Dan zwinkerte ihr zu.

»Du Schlitzohr hast alles schon festgemacht, oder?«

»Nein Mara, wenn sie dir nicht gefallen hätte, dann hätte ich sie auch nicht genommen. Ich kenne deinen Geschmack.« Er küsste sie auf die Nasenspitze.

»Aber mein Schnuggelsofa muss mit«, meinte sie.

Dan stimmte ihr zu. Im Anschluss gingen sie zum Makler und unterschrieben den Mietvertrag. Als sie wieder vor dem Haus wahren freute sich Mara und sie sprang herum. »Wir haben unser erstes Liebesnest.« Als Dan sie sah, freute er sich mit ihr. Sie konnten zum nächsten 1. Einziehen. Bis dahin waren es 3 Wochen. Dann wurde Dan ernst.

»Mara, da gibt es nur ein Problem, ich werde zum Einzugstermin nicht da sein. Ich muss für einen Auftrag nach Berlin. Es wird wohl 4 Tage dauern. Den Umzug müsstest du managen.«

»Oh Schade, aber ich weiß ja, dass deine Kunden in ganz Deutschland verstreut sind. Dann lachte sie neckisch:

»Ich glaube ich muss mal mit der Theaterleitung sprechen, dass sie dich für die nächsten Jahr einspannen.« Beide lachten. Mara konnte auf ihre Freunde zählen, sie würde das schon schaffen.

»Aber Dan, wir schaffen das doch gar nicht mit der Kündigung meiner Wohnung.« Dan zog schon kurz nach der Hochzeit zu Mara.

»Mara die Wohnungen in dem Viertel sind sehr beliebt und wenn nicht zahlen wir eben die doppelte Miete. Macht mir nichts aus.«

»Ja da spricht wieder Mr. Großkotz«, frotzelte Mara.

Sie brauchte wirklich keine Kündigungszeit einhalten und mit der Renovierung einigte sie sich mit dem Nachmieter. Die nächsten 2 Wochen verbrachten sie mehr in Möbelhäuser als sonst wo. Dan wollte das noch mit Mara zusammen machen, bevor er nach Berlin musste. Am 01. September konnten sie die neue Wohnung beziehen.

9

Zur gleichen Zeit in Tallahassee Florida. Captain Pepper staunte nicht schlecht, als er den Bericht von seinem Kollegen aus Deutschland las. Was ist das nur für eine Familie, diese Hudsons. Sie sind damals schon im Gericht so unangenehm aufgefallen. Nun soll der 2. Sohn so ein Desaster angerichtet haben? Und sich damit nicht nur der Freiheit beraubt haben, sondern auch seiner Gesundheit? Da hat der Engel der Gerechtigkeit aber wieder böse zugeschlagen, sinnierte er. Dann griff er zum Telefon.

»Officer Thompson sind Sie fertig, können wir fahren? Gut in 2 Minuten am Auto.«

Beide saßen im Auto und bogen in den Highway ab.

»Das wird auch kein toller Spaziergang, wenn ich an das Gerichtsverfahren denke«, meinte Officer Thompson.«

»Nein das wird es ganz sicher nicht. Ist bestimmt auch nicht so einfach für eine Mutter, wenn sie gleich zwei Söhne verliert... Wir werden sehen.«

Als sie vor dem Haus der Familie Hudson standen, sahen sie schon, welche Leute hier wohnten. Alles machte eine schmuddeligen Eindruck. Sie klingelten und der Türdrücker summte. Als sie in den 3. Stock hinauf liefen, standen sie schon vor Paul und Erics Mutter.

»Captain Pepper, wenn ich Sie sehe, kommt nichts Gutes dabei heraus. Was haben meine Kinder nun wieder angestellt?«

»Mrs. Hudson dürfen wir rein kommen, da erzählt es sich bestimmt einfacher?«

»Ist das eine Hausdurchsuchung, dann will ich erst den richterlichen Befehl sehen.«

»Nein Mrs. Hudson, das ist es nicht.«

»Na gut, kommen sie rein.«

Sie waren erstaunt, als sie in die Wohnung kamen, wie sauber alles war. Alles lag an seinem Platz, man sah kein Staubkorn. Das passte irgendwie nicht zu den Äußerlichkeiten. Mrs. Hudson sah ihre Blicke.

»Ja ich habe meinen Kindern schon früh beigebracht, was Sauberkeit bedeutet. Da lege ich großen Wert. Kommen Sie rein und setzen Sie sich. Möchten Sie einen Kaffee?«

»Nein danke, sagte Captain Pepper, auch Officer Thompson schüttelte den Kopf.«

»Mrs. Hudson wissen Sie, wo ihr Sohn Eric sich befindet?«

»Er wird wieder mal in der Weltgeschichte herumfliegen. Seit Pauls Verurteilung ist er so ruhelos. Wir können das immer noch nicht verstehen, warum er so hart bestraft wurde. Er hat niemanden ernstlich wehgetan. Er konnte ja gar nicht. Ich weiß bis heute nicht, wie er sich auf diesen Ole einlassen konnte. Ich habe mir schon den Kopf zermartert, warum er auf die schiefe Bahn geriet. Ich habe meine Kinder immer zur Ehrlichkeit erzogen. Vielleicht hat das Rheuma ihn so kaputt gemacht. Er wurde schon in der Schule damit gehänselt, dass er kaum etwas in die Finger nehmen konnte.« Tränen traten in ihre Augen.

»Hätte die Frau damals nicht in ihr Land bleiben können, vielleicht wäre es dann ganz anders mit meinem Jungen gekommen. Es stellte sich doch heraus, dass er nicht zugeschlagen hatte, gar nicht konnte.«

»Na ja, Mrs. Hudson, man hat auch ihren Sohn bei der Befreiung festgenommen. Er war da mittendrin. Er wäre so oder so verurteilt worden. Leider müssen wir Ihnen eine traurige Mitteilung machen. Ihr Sohn Eric hat ein Desaster in Deutschland in einem Theater angerichtet.«

Die Augen weiteten sich bei der Frau.

»Was hat er angestellt? Können Sie es mir bitte mit einfachen Worten erklären?« Sie fing an zu zittern.

»Er wird beschuldigt, Sprengsätze in zwei Feuerlöscher gefüllt, einen davon gezündet, und noch einen separaten Sprengsatz im Foyer gezündet zu haben. Das war in dem Schauspielhaus, wo die Frau und deren Ehemann arbeiteten, die von ihrem Sohn Paul am 10. Mai entführt worden ist. Drei Schauspieler fanden sofort den Tod, 25 Personen wurden verletzt und 8 davon sehr schwer. Darunter leider auch ihr Sohn.« Das wollte er erst einmal setzen lassen.

»Nein, schrie die Frau und fasste sich ans Herz. Sie bekam schlecht Luft und ihre Lippen wurden blau.«

»Thompson rufen sie sofort 911 an, ein Notarzt muss her.« Innerhalb von 6 Minuten kam der Notarzt und sie brachten Mrs. Hudson in die Klinik, Verdacht auf einen Herzinfarkt. Immer wieder rief sie: »Nein, nein, nein.«

Auch sie verließen mit den Sanitätern die Wohnung. Officer Thompson fand zuerst die Sprache wieder:

»Sagen sie Captain, war das die gleiche Frau, die im Gerichtssaal so keifte? Ich dachte vor mir sei eine ganz andere Frau.«

»Ich kann mir nur erklären, dass ihr der Tod von Paul zu sehr zugesetzt hat. Es war auch ein unsinniger Mord. Wir müssen abwarten, bis es ihr wieder besser geht. Vielleicht kann sie uns dann Angaben machen, ob sie etwas über die Anschläge wusste oder sagen konnte. Der Fall kann noch nicht zu den Akten gelegt werden. Ich werde meinen Kollegen in Deutschland informieren.«

Ein paar Tage später rief Captain Pepper im Krankenhaus an, ob es möglich wäre Mrs. Hudson weiter zu vernehmen, denn dazu kam es nicht mehr.

»Ja sagte Dr. Ross, sie hat schon nach Ihnen gefragt. Kommen Sie morgen um 14 Uhr, ich werde ihr dann vorher ein Beruhigungsmittel geben.«

»Ja Dr. Ross, das kann ich einrichten. Ich bedanke mich bei Ihnen, bis morgen.«

Captain Pepper klopfte an die Zimmertür von Mrs. Hudson und trat ein.

»Guten Tag Mrs. Hudson. Wie geht es Ihnen heute?«

»Danke es geht. Es tut mir leid, dass das passiert ist. Aber das war wirklich zu viel für mich. Ich zermartere mir seit Ihrem letzten Besuch den Kopf, was in den Jungen gefahren ist, so etwas zu tun. Wie geht es Eric? Wie schwer ist er verletzt?«

»Ja Mrs. Hudson, Eric wurde sehr schwer verletzt.« Er machte eine Pause. Sie schaute ihn fragend an.

»Eric verlor ein Bein bei der Explosion und er ist querschnittsgelähmt. Wir vermuten, dass er mit den ganzen Zündungen überfordert war.«

Mrs. Hudson schlug sich die Hände vors Gesicht und fing haltlos an zu weinen. Captain

Pepper zog sich einen Stuhl heran. Nur Officer Thompson blieb am Ende das Bettes stehen.

»Das ist so schrecklich, wie konnte er nur. Ich habe seit dem letzten Prozess von Paul viel nachgedacht. Natürlich hatte die junge Frau keine Schuld. Ich dachte nur, wenn sie nicht käme, würde es für Paul besser ausgehen. Aber ich denke jetzt, da sie entführt wurde, wo mein Sohn beteiligt war, hätte ich nicht anders wie sie damals reagiert. Nein ich hasse sie nicht, wie mein Sohn. Ich kann nicht nachvollziehen, dass er den Mut hatte, eine Theatervorstellung zu stören und Menschenleben auf dem Gewissen zu haben.«

»Sie können mir also auch kein Tatmotiv nennen. Ich meine, man geht nicht in ein Laden und kauft Sprengstoff, fliegt mal kurz nach Deutschland und verübt diesen Anschlag.«

»Nein das kann ich nicht. Eric war schon immer ein Hitzkopf, aber es ging nie so weit, dass er anderen einen Schaden zugefügt hat. Er hing schon immer sehr an Paul. Ich weiß, ich habe damals einen Fehler mit dem Brief gemacht. Eric fand es gut, ich habe versucht ihm zu erklären, dass das Gericht Paul wohl auch so verurteilt hätte. Als Paul 12 ½ Jahre Knast bekam, ist für ihn eine Welt zusammengebrochen. Captain, wie wird es mit meinem Jungen weitergehen?«

»Es kommt auf die deutschen Gesetze an. Die Deutschen haben lockere Gesetze als wir. Immerhin sind mit Paul vier Tote zu beklagen.«

»Vier Tote? Sie haben mir doch von drei Toten erzählt.«

»Ja drei Tote Schauspieler und nun noch ein Selbstmord von einem möglichen Mittäter. Das müssen die Deutschen noch klären.«

Und wieder weinte Mrs. Hudson.

»Mrs. Hudson, ich lasse Sie jetzt alleine, wenn Ihnen noch etwas einfällt, rufen Sie mich bitte an.« Er gab ihr seine Karte. Sie nickte nur.

In der Zwischenzeit war für den Kommissar klar, dass Benno Tanner ein Mittäter von Eric Hudson war. Er hatte die präparierten Feuerlöscher ins Schauspielhaus gebracht, seine Fingerabdrücke wurden auf den Feuerlöscher gefunden. Er kündigte kurz nach den Anschlägen seine Stelle und floh zu seiner Mutter. Nach ihrem Tod beging er Selbstmord, um sich einer Strafverfolgung zu entziehen. Eigentlich ein klares Motiv. Er teilte das dem Staatsanwalt mit. Er hörte sich das an und erwiderte:

»Danke für die Information Beck, aber das klinkt mir zu perfekt, da ist irgendetwas zu glatt, was meinen Sie?«

»Ja das ist schon richtig, aber alles spricht gegen Tanner. Ich werde noch einmal Eric Hudson auf den Zahn fühlen. Vielleicht ist er mittlerweile gesprächiger.«

»In Ordnung tun sie das und sagen Sie mir Bescheid.«

»Werde ich tun. Auf Wiederhören.«

10

Viel zu schnell verging Mara die Zeit zum großen Umzug. Leider musste Dan wirklich vorher zu einem Auftrag nach Berlin. Er konnte ihr nicht viel helfen. Der Abschied für Mara war sehr tränenreich. Auch wenn sie alle finanzielle Mittel hatte, so hätte sie es viel lieber mit Dan zusammen gemacht. Wenn ihr morgens nicht immer so übel wäre, aber sie biss die Zähne zusammen. Ich hätte vielleicht nicht den Abend zuvor so viel Pizza essen sollen. Sie brachte Bella zu ihren Eltern. Ihre Mutter fiel es sofort auf, dass Mara sehr blass war. Ihrer Mutter konnte sie nichts vor Machen. Sie beruhigte sie aber damit, das sie zur Zeit viel Stress hat und dazu kam noch der Umzug.

»Das ist aber auch nicht so schön, dass Dan dich gerade jetzt alleine lässt«, sagte sie.

»Auftrag ist Auftrag, da kann man nichts machen. Ist nur blöd, dass es so viele Tage sind. Und ausgerechnet in Berlin. Da fährt man nicht mal so einfach 540 km nach Hause:«

»Du hast ja recht Kind.«

Bella freute sich auf ihre Eltern. Das ist wirklich ein unkomplizierter Hund, dachte Mara. Gut, das ich wenigstens sie habe.

Nele und Karsten halfen ihr beim Packen und auch Ilona half, wo sie konnte. Mit einer gesunden Hand war das natürlich nicht so einfach. Die vier hatten es sich mit einem Glas Wein abends gemütlich gemacht.

Dan meinte noch zu ihr: »Lass eine Umzugsfirma kommen, sie packen bei dir alles ein und in der neuen Wohnung alles aus. Du hast keine Arbeit damit.«

Das wollte Mara nicht. Sie wollte nicht, dass fremde Leute in ihren privaten Sachen herumwühlen. So fragte sie ein paar Freunde. Wie es meistens ist, haben sie gerade dann keine Zeit, wenn man sie brauchte. Aber auf Nele und Karsten war immer Verlass. Jeden Abend telefonierte sie mit Dan. Er fehlte ihr so sehr.

Der Umzug war am 01.September. Alles war vorbereitet, so brauchten die Möbelpacker nur die Kisten und ihr Sofa in die neue Wohnung zu tragen. Ihre anderen Möbel hatte sie für den Nachmieter in der Wohnung gelassen. Dan wollte alles neu kaufen. Mara dachte sich, das gibt ein Stress die Möbelpacker und das Schlafzimmer sollte am gleichen Tag geliefert werden. Und sie ganz alleine. Gut das Nele sich freigenommen hat.

Aber dann freute sich Mara doch, als das Schlafzimmer schon geliefert wurde. Dan wollte unbedingt ein Boxspringbett haben. Ihn nervte die deutsche Besucherritze. Sie dachte daran, wie er sich gefreut hatte, dass es diese Betten nun auch in Deutschland gibt. Gott sei Dank gibt es hier nicht so hohe Betten, wie bei seinen Eltern. Wie immer ging Dan nicht nach den Preis einkaufen. Sie musste sich immer noch daran gewöhnen. In der nächsten Woche sollen die anderen Möbel kommen. Mit Geld ist wohl alles möglich. Früher hatte sie eine Wartezeit von 6-8 Wochen Lieferzeit. Dan sagte denen, er kaufe nur bei ihnen, wenn sie zu seinem Termin liefern können. Und wenn die Leute seine Centurion Card, die schwarze Amex Karte sehen, stehen wirklich alle stramm. Und nun hat auch Mara so eine Partnerkarte.

Sie hatte Dan mehrfach gesagt, dass sie diesen Reichtum nicht braucht. Er sah sie dann mit seinen bernsteinfarbenen Augen so liebevoll an, bis sie nachgab. Dan sagte dann immer zu ihr:

»Ich brauche auch nicht den Reichtum, den meine Eltern haben, aber ich bin der Meinung, dass es schon gut ist, wenn man einen besseren Service bekommt. Das sollte jeder Mensch haben. Für mich ist dieser Service, dass ich meine Möbel geliefert bekomme, wann ich es möchte und nicht 6 Wochen auf Jaffamöbel ausweichen muss.« Und er lächelte sie an.

»Der Service in Deutschland lässt manchmal zu wünschen übrig.« Dies bezüglich musste sie Dan leider recht geben. Das ist ihr in den USA immer gleich aufgefallen. Sie haben den besseren Kundenservice, auch wenn man manchmal lange warten muss. Sie dachte an ihre Mondfigur, die sie zusammen mit Amy in einem Möbelgeschäft gesehen hatte. Mara liebte Sonne, Mond und Sterne. Die Figur war aus Bronze. Auf dem Mond sitzt eine hübsche Frau. Mara wollte nur an die Kasse gehen und bar bezahlen. Damit fingen die

Probleme an. Amy dachte sich schon, was nun kam. Der Manager musste geholt werden, da es sich um ein Einzelstück handelte. Dieser ganze Aufwand hatte sage und schreibe eine Stunde gedauert. In Deutschland wäre sie an die Kasse gegangen, hätte bezahlt und wäre gegangen. Natürlich haben sie sich 100 mal Entschuldigt und sie bekamen einen Kaffee serviert. In den USA braucht man definitiv viel Geduld.

Dan gibt Mara freie Hand für die Gestaltung der Wohnung. So ging sie mit Nele Gardinen kaufen. Und sie strich die Wände mit Hilfe von Nele, Karsten, Sven und Ilona. Sie hatten viel Spaß dabei. Alle lobten Maras guten Geschmack. Sie war gespannt, wie es Dan gefallen würde.

Die Gardinen wurden von einem Designer geliefert und angebracht, weil es Mara nicht möglich ist, die Gardinenstangen selbst anzubringen. Dan sollte in die komplette Wohnung kommen. Als alle Möbel geliefert wurden und alles so stand, wie Mara es gerne haben wollte, konnte sie es kaum abwarten, bis Dan endlich kam. Nun hatte sie ihre Bella auch wieder geholt. Bella fühlte sich in der Wohnung richtig wohl. Sie schnupperte an allem. Die neuen Möbel mussten begutachtet werden.

Aber Dan teilte ihr eines Abends mit, dass er leider noch drei Tage dran hängen muss. Irgendetwas stimmte mit der Konstruktion nicht. Sie müssten noch etwas nachbauen. Mara war sehr enttäuscht. Sie wollte ihm doch so gerne ihr Liebesnest zeigen. Auch Dan war darüber nicht glücklich, aber Job ist Job. Mara wusste es, dass so etwas immer mal vorkommen kann. Sie hatte auch schon oft Überstunden machen müssen. Es tat ihr trotzdem weh.

Was ist, wenn er eine andere Frau kennenlernt, zermarterte sich Mara. Die Eifersucht kroch in ihr hoch. Einen Tag später rief sie Dan an, und es ging eine Frau an sein Handy:

»Hier ist Marianne, kann ich etwas für sie tun?«

Mara wurde so richtig wütend. Also doch dachte sie.

»Ich wollte gerne meinen Mann sprechen.«

»Das tut mir sehr Leid Frau Harper, er kann nicht ans Telefon kommen, er steht gerade auf dem Gerüst. Kann er Sie zurückrufen?« Mara war außer sich vor Wut und legte auf. Ihr war speiübel. Das 2. Mal, wo Dan weg musste und schon lachte er sich eine Neue an. Nein Dan, so läuft das nicht. Sie schaltete ihr Handy aus und warf es auf den Tisch im Wohnzimmer. Er hat seins sonst immer bei sich. Er sollte sehen, wie man sich da fühlt. Sie rannte ins Bad und musste sich übergeben.

Dan versuchte mehrmals, Mara anzurufen. Er erreichte sie nicht. Auch die SMS beantwortete sie nicht. Was war da los?, dachte er sich. Er rief Nele an aber die schien auch sauer mit ihm zu sein. Er konnte es nicht verstehen.

Als Dan nach den drei Tagen nach Hause kam, war Mara nicht zu finden. Erst im Schlafzimmer fand er sie. Er konnte nicht verstehen, dass sie ihn nicht an der Haustür empfing. Bella rannte gleich ihm zu und begrüßte ihm mit wedelndem Schwanz. Nah wenigstens eine, dachte er.

»Schatz, was ist denn mit dir los? Warum bist du so blass? Dan kam zu ihr aufs Bett. Sie rückte von ihm weg. Er konnte das nicht verstehen.

»Ja sag mir bitte, was los ist. Ist irgendetwas passiert?«

Dann polterte sie auch schon mit Tränen in den Augen los:

»Dan du bist das 2. Mal von mir weg und suchst dir schon eine neue Frau? Wie soll ich das denn finden?«

»Mara was redest du denn da? Neue Frau?« Dan war sich keiner Schuld bewusst.

»Ja«, ereiferte sich Mara, »Deine Marianne, die an dein Handy gehen musste. Seit ich dich kenne, hast du es immer in der Hosentasche.« Sie schaute ihn sehr böse an.

Und auf einmal musste Dan schallend lachen.

»Mara mein Schatz hättest du Marianne gesehen, würdest du jetzt nicht so reden. Marianne ist die Tochter des Projektleiters und sie wiegt mal locker 3 Zentner. Sie hatte Ärger mit ihrem Freund und bat mich, ob sie mein Handy benutzten darf, damit sie etwas regeln kann. Du siehst, deine Eifersucht ehrt mich zwar, aber sie ist völlig unbegründet. Wärst du an dein Handy gegangen oder hättest meine SMS gelesen, dann bräuchtest du jetzt nicht so böse mit mir zu sein. Komm mal her ich, zeige dir Marianne mit ihrem Freund.«

Mara war das jetzt alles sehr peinlich. Zögerlich kam sie zu Dan und sah auf das Foto. Mein Gott dachte sie, die Frau hatte einen Oberschenkel, wie ihre Taille. Sie wusste, dass Dan schlanke Frauen bevorzugt.

»Entschuldig bitte Dan, ich war so außer mir vor Angst. Der ganze Stress mit der Wohnung Renovierung und der Arbeit, da kam dieser Anruf zur denkbar schlechtesten Zeit.«

Dan nahm sie in die Arme und er spürte, wie sie zitterte. Sie lächelte gequält.

»So nun zeige mir bitte unsere Wohnung und dann führe ich dich ganz chic zum Essen aus. Bella nehmen wir mit.«

Dan lobte ihren guten Geschmack, die Wände wurden wie in Maras alten Wohnung in Pastellfarben gestrichen.

»Wow, du hast ja sogar die Wände gestrichen. Das gefällt mir sehr gut. Es ist wirklich ein sehr schönes Liebesnest geworden.«

Beim Essen unterhielten sie sich über alles mögliche, aber Mara konnte kaum etwas essen. Dan schaute sie an.

»Warum isst du nichts? Schmeckt es dir nicht?«

Doch es schmeckt mir sehr gut, aber ich habe in letzter Zeit keinen Hunger.«

»Liebling, bitte gehe zum Arzt. Du siehst auch sehr dünn aus.«

»Ja mache ich nächste Woche«, versprach sie ihm.

Ein paar Tage später wusste Mara nicht, ob sie sich freuen, oder weinen sollte. Wie würde Dan das auffassen. Wie sollte sie ihm das sagen?

Als sie beide abends im Bett lagen, bemerkte er ihre etwas größeren Brüste und sah sie fragend an. Jetzt muss es raus, dachte sie.

»Ja manchmal haben Frauen so etwas.« Sie schaute ihn an, ob er darauf kam oder nicht. Sie sah, wie sein Hirn arbeitete.

»Ist es das, was ich gerade denke?«, fragte er freudestrahlend und strich über ihren Bauch.

»Ja«, sagte sie erleichtert.

Er sprang vor Freude aus dem Bett und tanzte, wie ein Junge der eine Eisenbahn bekam. Bella sprang an seine Beine und freute sich. Er nahm sie hoch und knuddelte sie.

»Juhu, wir bekommen ein Baby. Mara ich liebe dich so sehr. Das wird das schönste Baby auf der Welt.«

Am nächsten Tag rief Mara ihre Schwester Ilona an und teilte ihr die frohe Botschaft mit. Ilona war völlig aus dem Häuschen.

»Mara ich freue mich so, ich werde Tante. Das ist wirklich toll. Wann ist es denn soweit?«

»Das Baby kommt im nächsten Juni.« Oh wie schön, ein Sommerkind. Hoffentlich schaffen wir das noch vorher.«

»Was schafft ihr noch vorher?«, fragte Mara.

»Ja ich habe auch Neuigkeiten, die Mama und Paps noch nicht wissen. Du bist die Erste, die das erfährt. Sven hat mir einen formvollendeten Heiratsantrag gemacht. Wir wollten eigentlich auch im Juni nächsten Jahres heiraten, aber nun werden wir das vielleicht etwas vorziehen.«

»Mensch Ilona ich freue mich so für dich. Das ist doch Super. Siehst du, und du hattest

Angst keinen Mann mehr zu bekommen.«
Beide lachten. »Wollen wir uns bei den Eltern treffen und ihnen die Neuigkeiten zusammen sagen?«

»Ja das können wir machen.«

11

Kommissar Beck ging noch einmal zu Eric. Mal sehen, ob er heute gesprächiger ist, murmelte er in seinen Bart. Heute wird das mal in trockne Tücher gelegt. Zu Schröder erklärte er:

»Haben Sie alles dabei, Aufnahmegerät usw?«

»Ja Chef alles hier drin«, und zeigte auf seine Tasche.

»Na dann wollen wir mal.«

Sie gingen auf die JVA zu. Sie saßen schon im Vernehmungsraum, als Eric Hudson hineingeschoben wurde.

Er sah heute etwas wacher aus, das nahm Kommissar Beck sofort auf. Schröder holte sein Aufnahmegerät heraus und schaltete es ein.

»Guten Tag Mr. Hudson möchten Sie heute mit mir sprechen?«

Eric nickte und sah den Kommissar fest an.

»Nennen Sie mich Eric, wie es alle tun, forderte er ihm auf.«

»Ja gerne, also Eric. Wie war ihr Verhältnis zu ihrem Bruder Paul?«

Der Blick von Eric verfinsterte sich. Dann sprach er:

»Paul war immer mein großes Vorbild, nicht so seine kleinen Schummeleien. Ich meine seine Charakterstärke. Er kam schon mit Rheuma auf die Welt, nur erkannte man es erst nach ein paar Jahren. Seine Hände waren am meisten betroffen. Mit den Jahren deformierten sich seine Finger immer mehr. Er hatte schlimme Schmerzen. In der Schulzeit wurde er deshalb immer gehänselt, aber das machte ihm nichts aus. Er hatte gelernt, die Leute in seiner Umgebung mit Worten klein zu kriegen. Darum wurde er später auch als Denker beschrieben. Das war er wirklich. Alle Bücher, die er bekommen konnte, las er. Dafür bewunderte ich ihn.«

Er machte eine Pause und redetet dann weiter:

»Logisch, dass so ein Mensch keine Arbeit bekommt, wie auch, wenn er seine Hände kaum bewegen konnte. Er ließ sich es nie anmerken, wie sehr es ihm verletzte. Er sagte mir oft, er hätte so gerne studiert. Ja Lehrer wollte er gerne werden. Die Kinder in unserer Nachbarschaft hingen an seine Lippen, wenn er erzählte.

Er braucht immer jemand der ihn half. Darum waren wir auch so von den Socken, als er mit den kleinen Gaunereien anfing. Das war nicht sein Stil. Unsere Eltern hatten nicht so viel Geld, wie er gerne haben wollte. Meine Schwester Carolyn steckte ihm auch immer wieder Geld zu. Paul wurde auch verurteilt, bekam aber nicht viel, nur ein paar Monate, aber für unsere Mutter brach eine Welt zusammen, für mich auch. Unser Denker hat nicht aufgepasst. Der Knast war sein Untergang. Da muss er den Idioten Ole getroffen haben. Der bot sich als Handlanger an. Genau so einen Kerl brauchte Paul.

Ich glaubte Paul, dass er immer sagte, bei der Entführung ginge es ihm immer nur ums Geld. Gewalt verabscheute er. Das hat er auch vor Gericht mehrfach betont. Nur der Scheiß Ole war ein Schläger, der fackelte nicht lange. Paul dachte immer, dass er den zur Räson bringen kann.

Ich wollte Paul helfen, ich sah ihm im Gericht alle drei Male, wie sehr er litt. Da half ihm sein Reden nicht. Und dann hatte meine Mutter die Idee der Entführten diesen Brief zu schreiben. Wir alle hofften, dass sie dann nicht zur Verhandlung kommt. Paul hätte sicher nicht gleich 12 ½ Jahre bekommen. Leider war dem nicht so. Ich hasste sie dafür.

Natürlich besuchte ich Paul im Gefängnis. Er ist fast daran zerbrochen. Und immer wieder sagte er mir, - die Kleine war nicht schuld – ich hätte mich nie mit Ole einlassen sollen. Ich glaubte ihm nicht, für mich war die Entführte, die alleinige Schuldige. Wie hieß sie noch mal gleich?«

»Mara Kamp und jetzt heißt sie Harper«, antwortete Kommissar Beck.«

»Ja stimmt, so wahr ihr Name. Heute sehe ich es auch ein, dass sie nicht schuld war, aber ich war damals außer mir vor Wut. Als sie mir noch erzählten, dass dieser Scheiß Ole meinen Bruder umgebracht hat, fing ich an nachzudenken. Sie können sich vorstellen, dass man hier viel Zeit dazu hat«, und er lächelte zerknirscht.

»Wie sind sie auf die Idee gekommen, die Anschläge im Schauspielhaus zu machen.«

Ich habe mir die Eigenschaften der Autoren zunutze gemacht und habe recherchiert. Aus den Akten von Paul wusste ich den Namen von Dan Harper und der Kleinen. Die Hochzeit der Beiden stand auch groß in der Zeitung. In einem Interview las ich, dass sie in Deutschland lebten. Das war dann schnell gefunden, wo genau sie arbeiteten. Um ihre nächste Frage gleich mit zu beantworten, das TNT hatte ich in ganz kleinen Mengen in meinem Gepäck deponiert. Das hat bei den Kontrollen im Flughafen niemand gefunden. Das TNT alleine ist nicht gefährlich, wie mir ein Chemiker einmal sagte. Und den Rest kann man überall kaufen, steht auch überall im Internet, wie man sich eine Bombe bauen kann.«

»Wie kam ihre Verbindung zu Benno Tanner zustande?«

Eric schmunzelte. »Den traf ich in einer Kneipe. Er hatte schon zu viel gebechert und das löste wohl seine Zunge. Er erzählte mir, wie seine Arbeit ihn kaputt machte. Er faselte etwas von seinen Händen und das ABC-

Pulver der Feuerlöscher. Da kam mir die Idee mit den Feuerlöschern. Ich fragte ihn, ob er mir nicht mal zwei Feuerlöscher für mich hat, die entsorgt werden. Ich sagte ihm ich will sie mir in die Wohnung zur Dekoration aufhängen. Der Vollidiot hat mir alles geglaubt. Freute sich sogar, weil er sie dann nicht auf dem Schrottplatz fahren musste. So bekam ich eines Tages die beiden Feuerlöscher.

Ist auch klar, dass ich nicht so ohne Weiteres in ein Theater marschieren konnte, um die Feuerlöscher auszutauschen. Ich freundete mich mit Benno an. Er erzählte mir, dass er sich einen Zweitjob suchen musste, weil seine Mutter Krebs hatte und sie nicht ausreichend Schmerzmittel bekam. Manche Nacht schrie sie vor Schmerzen. Das war meine Chance. Ich bot Tanner genug Geld an. Er sollte lediglich die zwei Feuerlöscher an den Seitentoren austauschen, so als zusätzliche Sicherheit als Überraschung sozusagen. Ich hatte einen Plan vom Schauspielhaus und wusste, wo die beiden Feuerlöscher hin sollten. Das beschrieb ich Benno.

Ich hörte bei einer Führung im Schauspielhaus, das sich die beiden bei der Premiere an dem Seitentor aufhielten um das Publikum zu beobachten also konnte ich sie dort am sichersten treffen. Mein Hass war übergroß.«

»Kann ich das so verstehen, dass Benno Tanner ihr Komplize war?«

Eric lachte schallend. »Um Gottes willen nein, der war ein Weichei, wie er im Buche stand. Der hätte noch Geld mitgebracht, als eine Bank auszurauben.«

Dann wurde er wieder ernster. »Das war einzig und alleine mein Ding mit dem Theater. Ich erzählte Ihnen meine Gründe.«

»Es waren also 4 Sprengsätze gewesen, aber nur zwei wurden gezündet, was war ihr Problem.«

»Der Sprengsatz im Foyer am Fenster und der linke Feuerlöscher sollten zuerst hochgehen. Tja und das war mein Fehler. Ich habe mich wohl als Frau gefühlt, rechts und links verwechselt. Ich spürte einen starken Schmerz und verlor das Bewusstsein. Den Rest haben Sie mir dann erzählt.

Herr Kommissar, heute tut mir das alles sehr leid, ich habe in der Zeitung lesen können, was ich da angestellt habe. Ich kann mittlerweile viel besser deutsch reden. Bin nur froh, dass ich das Ganze hier mit Ihnen in meiner Muttersprache sprechen kann. Da kann ich mich besser ausdrücken.«

»Warum haben Sie die erste Zeit nicht mehr gesprochen?«

»Schauen Sie mich an, Herr Kommissar. Als ich wieder wach wurde, lag ich in einem Krankenzimmer. Ich sah, dass ich nur noch ein Bein hatte und in dem fühlte ich nichts mehr. Die im Krankenhaus konnten auch englisch. Meine Welt brach komplett zusammen, als ich die endgültige Diagnose erhielt.«

»Herr Kommissar glauben sie an Nahtoderlebnisse?«

»Ich habe schon davon gehört.«

»Bevor ich aus der Narkose erwachte, hatte ich eins. Ich sah die Ärzte um mich kämpfen. Ich sagte, lasst es sein, aber sie konnten mich nicht hören. Da wo ich war, gab es nur Frieden ein sehr helles Licht, aber es blendete nicht. Ich sah Paul und konnte das nicht verstehen. Er sagte mir, ich müsste wieder zurückgehen. Mein Auftrag wäre noch nicht erledigt. Dann wachte ich auf. Ich bedauerte, bei dem Anschlag nicht gestorben zu sein.

Natürlich weiß ich, dass ich sehr viel Leid über viele Menschen gebracht habe. Ich kann es nicht rückgängig machen, so gerne ich es tun würde. Das ist meine schlimmste Bestrafung. Nicht das Urteil, was auf mich zukommt. Das ist mir egal. Ob ich nun in die Todeszelle komme, oder nicht.«

»Nein wir in Deutschland haben keine Todeszelle. Hier müssen Sie ihre Zeit absitzen.«

»Ich habe mich mit Captain Pepper in Verbindung gesetzt und er war bei Ihrer Mutter, um vielleicht etwas über Ihr Motiv zu erfahren.«

»Oh je, nicht gut, gar nicht gut,« murmelte er.

»Als er von Ihnen erzählte, bekam sie einen Herzinfarkt und kam ins Krankenhaus. Erst später konnte er alles mit ihr besprechen. Keine Sorge, sie hat es überstanden und ist auch schon wieder Zuhause.«

Eric hatte Tränen in den Augen: »Nun hat meine Mutter nur noch Carolyn. Ich hoffe, sie wird nicht mal straffällig und kümmert sich um unsere Mutter.«

»Was hatten Sie mit den Molotowcocktails vor, die in ihren Rucksack waren Eric?«

»Jetzt erscheint es mir total durchgeknallt, ich wollte mir den Weg nach draußen freischießen. Ich wollte für alle Eventualitäten gewappnet sein.«

»Woher haben Sie das ganze Geld gehabt.«

»Wissen Sie, meine Familie ist sehr groß, was Onkel und Tanten betrifft. Und meine Mutter erbte etwas Geld. Uns ging es nie schlecht, es war halt eine miese Gegend wo wir wohnten. Meine Mutter hielt das Geld immer zusammen. Sie gab uns, was wir brauchten. Erst als Paul für 12 Jahre in den Knast musste, gab mir meine Mutter eine Kreditkarte und meinte, ich solle mir etwas aufbauen. Sie beschwor mich, nur für ehrliche Arbeit das Geld zu nehmen. Ich glaube, sie meinte damit, dass ich mich selbstständig machen sollte. Eine eigene Firma gründen sollte. Hätte auch fast geklappt. Etwas hatte ich auch gespart. Dann hab ich mein Auto verkauft und meine Kreditkarten überzogen. Das war genug.«

»Eric, ich danke Ihnen für ihre ehrlichen Worte. Ihre Reue wird mit Sicherheit vor Gericht strafmildernd bewerdet werden, denke ich.«

»Herr Kommissar, das habe ich nicht verdient.«

Somit war die Vernehmung beendet.

Kommissar Beck und sein Kollege Schröder gingen schweigend zum Auto. Jeder hing seinen Gedanken nach. Als sie wieder in ihrem Büro waren, sagte der Kommissar:

»Schröder, ich glaube jetzt geht es ihm besser. So hatte ich den Eindruck. Er musste sich das alles von der Seele reden. Das erleben wir in dieser Form auch relativ selten.«

»Ja Chef, den Eindruck hatte ich auch. Ist schon ganz schön abgefahren, was es für Leute gibt. Ich finde unseren Beruf sehr interessant.«

»Stimmt, das ist er. Jetzt schreibe ich meinen Bericht, und dann gehe ich zum Staatsanwalt, um ihn zu informieren.«

»Und wieder haben Sie einen Fall gut abgeschlossen. Wann gehen sie in ihre verdiente Pension?«

»Erinnern Sie mich bloß nicht daran«, brummte der Kommissar. Ohne seinen Beruf konnte er einfach nicht leben.

Der Gefängniswärter kam zu Eric: »Du hast noch einen Besuch. Heute bist du aber sehr gefragt Eric.«

»Ich habe doch schon alles gesagt. Na gut kannst du mich bitte hinschieben. Ich habe immer noch diese Schmerzen in der Schulter.«

Dann kam er in den Besucherraum. Eric traute seine Augen nicht.

»Mom, was machst du denn hier, sprach er sichtlich irritiert. Wie geht es dir. Ich hörte von deinem Herzinfarkt.«

»Wie sollte es mir gehen, wenn ich solche Geschichten von meinem eigenen Sohn höre? Meine Kinder habe ich immer zur Ehrlichkeit erzogen. Was ist nur schief gelaufen mit Paul und dir? Ja ich wollte zu meinem Sohn, der so bescheuert ist.« Sie hatte Tränen in den Augen.

»Hast du endlich gesprochen und die ganze Wahrheit gesagt.«

»Ja Mom, ich hatte mit dem Kommissar eben ein langes Gespräch.«

»Ach Junge, warum hast du nur so etwas getan. Schau dich nur an?«

»Mom, niemand ist dran schuld, das waren diese verkackten Umstände.«

»Red nicht so mit deiner Mutter«, sagte sie erbost.«

»Entschuldige Mom. Es waren aber wirklich die Umstände. Vaters Tod, die Krankheit von Paul. Du weißt, wie ich ihn verehrte. Seine Inhaftierung. Und nun sein Tod. Mom, das ist nicht fair.«

»Mein Junge, das Leben ist nicht immer fair. Das habe ich euch schon immer gesagt. Ich habe euch aber immer versucht beizubringen, aus allem das möglichst Beste zu machen. Dazu gehört ganz sicher nicht, ein Theater in die Luft zu sprengen und einige Personen in den Tod zu reißen.«

»Nein da hast du vollkommen recht. Ich bereue meine Tat auch sehr. Das kannst du mir glauben.«

»Das wollte ich aus deinem Mund hören Eric. Sage das auch dem Richter. Ich weiß nicht, wie viele Jahre sie dir aufbrummen werden, aber bitte mach keinen weiteren Mist mehr.« Mrs. Hudson sah ihrem Sohn lange in die Augen. Dann kam auch schon der Beamte und sagte, dass die Sprechzeit zu Ende sei.

»Ich versuche dich noch einmal zu besuchen, bis ich wieder zurückfliege. Ich habe hier noch etwas zu erledigen.«

Paul sah seine Mutter fragend an, aber sie gab ihm keine Antwort. Nun hatte er Angst um sie, dass sie eine Dummheit begeht. Aber so wie sie heute gesprochen hat, kannte er sie fast nicht. Es schien ihm so, dass sie nichts mehr aus der Ruhe bringen kann.

Kommissar Beck saß beim Staatsanwalt und der überflog den Bericht.

»Beck Sie haben wieder einen Fall souverän gelöst, wie ich es von Ihnen gewohnt bin. Obwohl es eine Zeit sehr verworren aussah. Guter Job. Dann können wir die Anklage erheben und die abschließende Pressekonferenz geben.«

12

Es war Sonntag als Dans Handy ging und als er ran ging, staunte er nicht schlecht.

Mara hörte ihn sagen: »Ein Moment bitte, da muss ich erst meine Frau fragen, denn es betraf sie am meisten.«

Mara schaute ihn fragend an.

»Liebling, es ist Mrs. Hudson, die Mutter von Paul und Eric. Sie bittet uns um ein Gespräch. Wärst du bereit? Sie ist gerade in Frankfurt. Vermutlich hat sie ihren Sohn besucht.«

»Ja aber bitte nicht in unsere Wohnung. Ich möchte es an einem neutralen Ort.«

Dan nickte.

»Hören Sie Mrs. Hudson, meine Frau ist damit einverstanden. Was halten Sie davon, wenn wir uns heute um 14 Uhr im Restaurant Immensee treffen? Ja ist gut, wir werden da sein. Ich werde einen Tisch bestellen. Auf Wiederhören.«

»Dan was will sie von uns?«

Er lief zu ihr und nahm sie in seine Arme. »Das weiß ich nicht Liebling, sie klang nicht böse, oder sonst etwas. Lass uns anhören, was sie zu sagen hat.«

Dan hatte einen Tisch in einem separaten Raum im Restaurant bestellt. Da sie öfters in dieses Restaurant gingen, war es auch kein Problem.

Sie saßen schon drin als Mrs. Hudson von der Bedienung an ihrem Tisch begleitet wurde.

»Mrs. und Mr. Harper, ich danke Ihnen, dass sie bereit sind, mich anzuhören. Lassen Sie mich bitte erklären, wie unsagbar leid es mir tut, was meine Söhne angerichtet haben. Ich weiß, das ist mit nichts zu entschuldigen. Auch möchte ich mich bei Ihnen in aller Form entschuldigen Mrs. Harper. Das war sehr dumm von mir, ihnen damals diesen Brief geschrieben zu haben.«

Die Bedienung kam und nahm die Getränkewünsche auf und verteilte die Speisekarten.

Ihr Sohn Eric hat viel Leid in unsere Familie gebracht«, erklärte Mara. »Meine Schwester hat bei den Anschlägen ihre Linke Hand verloren.«

»Ich weiß, sagte Mrs. Hudson leise und sie senkte ihren Kopf. Dann sah sie Mara tief in die Augen:

»Ich weiß, dass das niemals wieder gut zu machen ist. Das habe ich heute meinen Sohn auch erzählt. Er bedauert es jetzt zutiefst. Gerne hätte er sein Leben gegeben für das der Opfer. Ich habe meine Kinder immer zu ehrlichen Menschen erzogen. Ich weiß nicht, was falsch gelaufen ist. Paul hatte von Geburt an Rheuma und darunter litt er sehr. Er fand keinen Job mit den deformierten Fingern. Bitte, das soll keine Entschuldigung für ihre Entführung damals sein. Ich kann so etwas auch nicht gut finden. Eric war schon immer ein Hitzkopf. Komisch, nur meine Tochter hat wohl mehr auf mich gehört. Sie hat sich noch nie etwas zuschulden kommen lassen.«

»Mrs. Hudson wissen Sie auch, dass ihr Sohn Paul mir vermutlich das Leben gerettet hat?« Und Maren erzählte ihr, was sie noch von ihrer Entführung wusste.

»Ja so war mein Paul. Wäre er doch nur zu mir gekommen, wenn er mehr Geld gebraucht hätte.« Tränen liefen ihr über das Gesicht.

Mara schaute Dan an. Er wusste wie immer was sie dachte. Es ist vieles anders, seitdem sie ein Kind unter ihrem Herzen trägt.

Dann erhob sich Mrs. Hudson. Dan fragte sie, ob sie nicht zum Essen bleiben wolle.

»Nein, Dankeschön, ich bin nur gekommen, um sie um Verzeihung zu bitten, und weiß doch, dass es kaum ein Verzeihen geben kann.«

Auch Dan und Mara standen auf und gaben der alten verhärmten Frau die Hand. Dann sahen sie, wie Mrs. Hudson gebeugt den Raum verließ.

Mara sagte: »Was muss diese Frau alles erlebt haben?«

Gegen Abend rief Mara Ilona an und erzählte ihr, das Mrs. Hudson sich mit ihnen getroffen hat.

Ilona meinte auch, dass das Leben mit der Frau übel mitgespielt hat. Sie freute sich aber auch, dass Eric endlich seine Schuld eingestanden hat und sich bei seinen Opfern entschuldigen will. Das ist das mindeste was er tun muss. Was geschehen ist, dass ist nun mal geschehen und niemand kann die Uhr zurück drehen.«

Drei Monate später kam es zur Verhandlung. Eric Hudson war von Anfang an geständig und bereute seine Tat sehr. Als der Staatsanwalt die Anklage verlas, brach Eric Hudson in Tränen aus. Er wusste wie viel Leid er über viele Menschen brachte.

Nach 15 Prozesstagen wurde das Urteil gegen Eric Hudson gesprochen. Ihm wurde vom Richter eine besondere Schwere der Schuld bescheinigt. Er bekam eine Lebenslange Freiheitsstrafe und er muss jeden Nebenkläger eine Summe zwischen 4000€ und 7000€ zahlen. Dan erklärte:

»Ob er das Geld überhaupt jemals bezahlen kann ist fraglich, denn er ist selber so schwer verletzt, dass er nicht mehr arbeiten kann. In den USA hätte er wirklich Lebenslang bekommen, aber hier in Deutschland wird er wahrscheinlich nach ca. 10 Jahren wieder raus kommen.«

»Ja«, erwiderte Mara: »Er hat schwere Schuld auf sich geladen und er wurde von seinem eigenen Schicksal sehr hart bestraft. Dan, jetzt können wir unbesorgt wieder in die Zukunft schauen«, und sie streichelte sich zärtlich über ihren Bauch.«

Dan kam zu ihr und nahm sie in die Arme.

»Liebling, wollen wir vor der Geburt unseres ersten Kindes noch einen Trip nach Florida machen? Noch dürfte es kein Problem sein. Wir können auch erst deinen Arzt fragen. Ich denke so an St. Augustin, Daytona Beach, usw. Wenn du möchtest, zeige ich dir auch Miami und Key West.« Dabei lächelte er sie verliebt an.

»Oh ja, das ist eine gute Idee. Miami muss nicht unbedingt sein, aber Key West würde mich sehr interessieren. Sie müssen traumhafte Sonnenuntergänge haben.

Dann können wir auch gedanklich alles hinter uns lassen. Ich glaube mein Arzt wird nichts dagegen haben. Ich würde nur im 8. Monat nicht mehr fliegen wollen.«

Der Arzt hatte natürlich nichts gegen eine Reise.

Mara freute sich wie ein Kind, als sie in Daytona Beach mit den 4 Wheeler am Strand fuhren. Der einzige Strand, den Dan kannte, wo man die 37 km mit dem Auto befahren durfte. Allerdings nur im Schritttempo mit dem eigenen Auto. Mit den 4 Wheelers machte es aber viel mehr Spaß. Es war ein Spaß für Jung und Alt. Zuvor waren sie in St. Augustin. Mara war ganz verzückt von der Altstadt

Das erinnerte sie sehr an Deutschland. Die vielen kleinen Geschäfte luden zu einem Bummel ein. Sie kauften sich einiges für ihr Haus. Mara zeigte ihm aus ihrer Sicht, was wirklich Glücklichsein bedeutet. Dan musste schmunzeln, als er das mit ihr erlebte.

Weiter ging es nach Key West. Zu dieser Zeit war der Tourismus nicht zu stark vertreten. Am Tag waren es schöne 28°C. Key West hat die schönsten Sonnenuntergänge, die er kannte. Er war gespannt, was Mara dazu sagen wird. Die Brücke nach Key West hat 546 Brückenpfeiler. Man sieht von dort schon das flache türkisfarbene Meer. Einen Teil der alten

Brücke ließ man stehen. Mara war total begeistert.

»Dan, hier zu leben muss traumhaft sein«, erwiderte Mara ganz aufgeregt. Sie machte unzählige Fotos.

»Liebling, aber nicht in der Hurrikanzeit, viele kommen gerade über Key West herein. Lange schlangen an den Tankstellen alles flieht. Das muss man nicht unbedingt erleben. Wenn man nicht schnell genug über die lange Brücke zurück aufs Festland kommt, kann es schon sehr eng werden.«

»OK, dann nicht, aber eine Reise ist es auf jeden Fall Wert. Der schönste Ort, den wir auf unserer Reise besucht haben.«

Auf der Strandpromenade sah man viele Musiker, Gaukler und Straßenhändler. Viele führten ihre Kunststücke vor. Mara und Dan waren fasziniert und schaute ihnen belustigt zu. Einige tanzten zu der Musik. Bei der Mexikanische Gruppe mit ihren Maracassen standen viele Leute. Sie sahen nur fröhliche Leute.

Der Sonnenuntergang fand um 18:30 Uhr statt. Als die Sonne unter ging stand Dan hinter Mara und umfasste ihren Körper. Mara flüsterte:

»Gibt es etwas schöneres als hier zu stehen und diese Pracht zu sehen?«

Eine Bar schenkte kostenlose Cocktails aus. Für Mara wurde ein alkoholfreier gereicht, als sie von ihrer Schwangerschaft hörten. Dan machte es großen Spaß Mara so entspannt zu erleben. Vergessen waren alle Sorgen. Sie kann sich freuen wie ein Kind. Dafür braucht man keine Reichtümer, ein Sonnenuntergang reicht schon. Er lächelte sie an und küsste ihre Haare.

Die Reise tat ihnen so gut und sie waren froh, dass sie die Gelegenheit wahr genommen haben.

Nachwort

Hat Ihnen Band 2 gefallen? Möchten Sie wissen, wie es mit Dan und Mara weiter geht? Dann freuen Sie sich auf den dritten und letzten Band der Krimi Trilogie. Er ist in Arbeit und verspricht wieder spannend zu werden.

Danke

Mein erster Dank geht natürlich an meinem Mann Karl. Danke für deine Geduld mit mir. Für dein Lob und auch deine Kritik. Deine liebevolle Aufmunterung immer weiter zu machen.

Herzlichen Dank liebe Bianka Kappe für deine hilfreichen Tipps für mein Buchcover.

Ganz lieben Dank an das Team vom Verlag tredition für die schnelle Veröffentlichung meiner Bücher. Ihr seid ein Klasse Team.

Weitere Bücher aus dem Hause Bergbauer:

„Die falsche Person" Band 1

Mara und Dan arbeiten beide als Bühnenbildner im Schauspielhaus. Dort haben sie sich kennen und lieben gelernt. Dan ist Amerikaner, aber in Deutschland sesshaft geworden. Als er ihr sein Land zeigen und seinen Eltern vorstellen wollte, passierte das, womit niemand gerechnet hat. Mara verschwand spurlos. Wo war sie? Was ist passiert?

ISBN 978-3-7345-3095-1 (Paperback)
ISBN 978-3-7345-3096-8 (Hardcover)
ISBN 978-3-7345-3097-5 (E-Book)

Verlag tredition GmbH
https://tredition.de/

„Kleine Wunder zur Weihnachtszeit"

Zauberwelt der kleinen Wunder enthält 18 schöne Geschichten über kleine Wunder zur Weihnachtszeit. Die kleine freche Schneeflocke erlebt einige Abenteuer, weil sie nie das tut, was sie eigentlich tun sollte. Fluffi kann dank seiner neuen Freunde seinem Leben eine positive Wendung geben. Ferdinand der Schneemann erwacht in einer bitterkalten Nacht zum Leben.

Nach mehreren Büchern stellen Gaby & Karl Bergbauer nun ihr gemeinsames Werk vor.

ISBN 978-3-7345-3109-5 (Paperback)
ISBN 978-3-7345-3110-1 (Hardcover)
ISBN 978-3-7345-3111-8 (E-Book)

Verlag tredition GmbH
https://tredition.de/

„Ein Kobold mit weißen Haaren"

Tinka, der kleine Kobold ist eine Malteserhündin. Sie selbst erzählt aus ihrem Leben. Sie kommt mit 12 Wochen in ihr neues Zuhause. Frauchen und Herrchen hat sie sofort im Sturm erobert. Nicht so die dort lebende Malteserhündin Penny. Sie sieht Tinka als Eindringling in die Dreierbeziehung. Tinka lässt nichts unversucht, um das Herz von Penny zu gewinnen. Nach vielen Hürden und langen Wochen ist es endlich soweit. Sie wurden Freunde, die gemeinsam durch dick und dünn gingen.

ISBN 978-3-8495-9324-7 (Paperback)
ISBN 978-3-8495-9325-4 (Hardcover)
ISBN 978-3-8495-9326-1 (E-Book)

Verlag tredition GmbH
https://tredition.de/

„Pennys Vermächtnis"

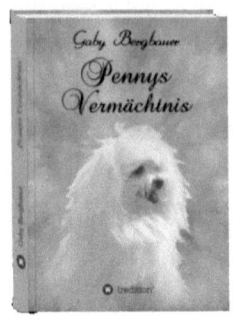

Ist eine wahre Geschichte von einer Malteserhündin, die über die Regenbogenbrücke ging. Sie erzählt noch einmal aus ihrem Leben, wie sie nach langer Ausnutzung als Showhund einfach ihre Identität verlor und regelrecht weggeworfen wurde. Wie sie sich mit ihrem Charme selbst ihre neue Familie aussuchte, wo sie zum ersten Mal in ihrem Leben Liebe und Zuneigung fand. So lernte sie eine ganz neue Welt kennen. Nach einem Umzug in ein fremdes Land schleicht sich Tinka, ein Malteserwelpe ungefragt in ihr Leben. So übernimmt sie doch noch einmal die Mutterrolle mit Bravour.

ISBN 978-3-7323-2456-9 (Paperback)
ISBN 978-3-7323-2457-6 (Hardcover)
ISBN 978-3-7323-2458-3 (E-Book)

Verlag tredition GmbH
https://tredition.de/

Die Siegerin – Vom Kind zur Frau:

Nicht jede Mutter und nicht jeder Vater sind liebende Eltern.

Der Name Laura bedeutet - die Siegerin. Laura musste schon sehr früh kämpfen und sie malte sich aus, dass sie eines Tages über alles siegen würde. Trotz aller Schmerzen und Ängste, die sie schon in jungen Jahren erdulden musste. Sie litt unter ihrer herrschsüchtigen Mutter und ihren gewaltbereiten Stiefvater. Sie suchte Schutz bei ihrer Mutter, aber sie fand ihn nicht.

ISBN 978-3-7323-5925-7 (Paperback)
ISBN 978-3-7323-5926-4 (Hardcover)
ISBN 978-3-7323-5927-1 (E-Book)

Verlag tredition GmbH
https://tredition.de/

Mein Amerikanischer alpTraum

Karl und Gaby entscheiden sich für ein neues Leben im Land der unbegrenzten Möglichkeiten, aber der amerikanische Traum hat seine eigenen Regeln und zeigt die Grenzen des Möglichen und wiegt die Vor- und Nachteile in dem Neuen Land ab.

Ein auf und ab über 11 Jahre beschreibt das erwartete mit der Realität. Allen Emotionen bei Erfolgen und Niederlagen spiegelt sich in dieser Biografie nieder. Auswandersendungen im TV haben leider nichts mit der Wirklichkeit zu tun.

ISBN 978-3-7323-2283-1 (Paperback)
ISBN 978-3-7323-2284-8 (Hardcover)
ISBN 978-3-7323-2285-5 (E-Book)

Verlag tredition GmbH
https://tredition.de/